Antje Szillat

Brandungsflimmern

Antje Szillat

Brandungsflimmern

Arena

Für Merle
Love is in the air ...

FSC
www.fsc.org
MIX
Papier aus verantwortungsvollen Quellen
FSC® C110508

1. Auflage 2016

Dieses Werk wurde vermittelt durch die Literarische Agentur
Thomas Schlück GmbH, 30827 Garbsen
Covergestaltung: Frauke Schneider, unter Verwendung von
Bildern von © Corey Jenkins/gettyimages und © shutterstock
Gesamtherstellung: Westermann Druck Zwickau GmbH
ISBN 978-3-401-60221-9

Besuche uns unter:
www.arena-verlag.de
www.twitter.com/arenaverlag
www.facebook.com/arenaverlagfans

Prolog

Es geschah im März, am 19. Geburtstag meines Bruders Tobias. Unsere Eltern hatten ihm versprochen, seine Feier zu finanzieren. Allerdings bei uns zu Hause im Partykeller und nicht, wie er gehofft hatte, in einem angesagten Club in der Nordstadt.

Tobi hatte geredet und diskutiert, gebettelt und am Ende sogar heftig mit ihnen gestritten, doch unsere Eltern waren hart geblieben. Entweder bei uns oder er müsste das Ganze halt aus seiner eigenen Tasche zahlen.

Zähneknirschend hatte er sich schließlich damit abgefunden. Eine Feier in unserem leicht antiken Partykeller war immer noch besser als überhaupt keine.

Bis zu diesem Zeitpunkt war mir das ganze Tobias-Party-Drama ziemlich egal gewesen, schließlich war eh klar, dass die Party ohne mich, seine zwei Jahre jüngere, nervige Schwester, stattfinden würde. Doch dann waren meine Eltern auf die glorreiche Idee gekommen, dass ich meinem Bruder doch bei den Vorbereitungen helfen könnte. Ich konnte mir echt Spannenderes vorstellen! Viel lieber wäre ich mit meiner besten Freundin Sabrina durch die Stadt gebummelt. Stattdessen half ich meiner Mutter bei den Salaten und anschließend dekorierten wir unseren Keller mit albernen Partyutensilien. Sagen wir mal so: Das Ergebnis machte mir nicht gerade Lust auf meinen eigenen Geburtstag.

Als ich endlich den letzten Ballon aufgehängt hatte, den Tobis bester Freund Jan zuvor aufgepumpt und verknotet hatte, geschah es. Jan legte mir lächelnd die Hände auf die Schultern und sagte: »Siehst du, Flo, hat doch gar nicht wehgetan.«

Seine warmen Hände, die ich durch den Stoff meines T-Shirts spüren konnte. Der Duft nach seinem leicht herben Aftershave, der ihn umgab. Und diese Grübchen neben seinem warmherzigen Lächeln, mit dem er mich anstrahlte. Noch nie waren mir seine Augen so blau und sein Blick so intensiv vorgekommen. Ich konnte ihn nur anstarren, nichts sagen, nicht zurücklächeln. Nur dastehen und denken: Was ist das? Warum zieht sich mein Magen wie Löschpapier zusammen, wenn es Tinte aufsaugt? Und dieser brennende Stich in meiner Brust, so als hatte ich viel zu schnell viel zu viel Eis gegessen, wo kommt der auf einmal her?

Ich blickte, immer noch sprachlos, in Jans Gesicht. In seine vertrauten Augen in Ozean-Blaugrau, in die ich schon unzählige Male geblickt hatte, und in meinen Ohren begann es zu rauschen.

Dann schmolz ich, ich schmolz einfach in den Boden hinein. Seine Hände lagen warm und sanft auf meinem Shirt. Ich vergaß zu atmen. Ich sank tiefer, immer schneller, es war, als fiele ich in einen Krater, der sich unter den altmodischen braunen Fliesen des Partykellers auftat.

Und als es mir nach einer halben Ewigkeit gelang, der undurchsichtigen Tiefe meiner Gefühle zu entkommen, da hatte sich alles verändert.

Mein Denken. Mein Fühlen. Mein Leben.

Und Jan war vollkommen ahnungslos. Er hatte nichts von all dem mitbekommen, was sich da gerade vor ihm abgespielt hatte, vor seinen Augen, kaum eine Armlänge von ihm entfernt.

Er stand da, lächelte noch immer ahnungslos. Er sah dabei so lebendig und vertraut aus und schien mir gleichzeitig so unerreichbar weit entfernt, dass es wehtat.

1

Als meine Mutter die brillante Idee hatte, in den Sommerferien nicht wie üblich in den Süden zu fliegen, sondern auf der Ostseeinsel Rügen für drei Wochen ein Ferienhaus zu mieten, schrillten bei mir sofort die Alarmglocken.

Mit tausendprozentiger Sicherheit befand sich dort in der Nähe ein Reiterhof, auf dem sie dann einen allerletzten Versuch unternehmen würde, mich für ihre Lieblingstiere zu begeistern. Und mein Vater hatte höchstwahrscheinlich bereits ein Triathlonrad via Internet vor Ort gemietet, auf dem ich ihm dann kreuz und quer über die Insel hinterherstrampeln konnte.

Grundsätzlich waren meine Eltern in Ordnung – man konnte sie vielleicht sogar schon als recht locker bezeichnen. Allerdings hatten die beiden einige nicht immer so leicht zu ertragene Fimmel.

Mein Vater zum Beispiel war der absolute Triathlonfan, ich fand, man konnte in seinem Fall sogar schon von Besessenheit sprechen. Eigentlich war mir das egal. Sollte er sich doch die Seele aus dem Leib schwimmen oder sich Löcher in die Laufschuhe rennen. Doch dummerweise war er fest davon überzeugt, dass in mir eine hochbegabte Nachwuchs-Triathletin steckte, und nur schwer vom Gegenteil zu überzeugen. Was natürlich der größte Unsinn aller Zeiten war, denn ich hasste Sport.

Meine Mutter hingegen hatte sich schon als Kind mit einem heftigen Pferdevirus infiziert, unter dessen Folgen sie noch heute litt. Wobei sie ihre übergroße Pferdeliebe natürlich nicht als Leiden empfand. Vielmehr machte ihr zu schaffen, dass sie diesen Virus ihrer Tochter, also mir, nicht mit der Muttermilch weitergegeben hatte. Wie viele schreckliche Stunden ich in irgendwelchen Pferdeställen hatte hinter mich bringen müssen, als sie noch fest davon überzeugt gewesen war, ich müsste nur meine Angst vor diesen wunderbaren Geschöpfen ablegen! Denn dann, ganz bestimmt, würde ich genauso reitverrückt wie sie sein. Sie hätte mir bestimmt drei Ponys gekauft.

Aber leider, leider waren Pferde und alles, was damit zusammenhing, so gar nicht mein Ding.

Was mein Ding war, das waren Bücher – ich liebte es zu lesen, in andere Welten einzutauchen, mich wegzuträumen nach Paris, New York, in die Vergangenheit, in die Zukunft, auf ein Piratenschiff, in ein Lavendelzimmer. Bücher waren zu meinen ständigen Begleitern geworden, mein aktuelles trug ich fast immer in meiner Tasche bei mir. Man konnte schließlich nie wissen, wann sich eine Gelegenheit zum Lesen bot, fand ich.

Ich las beinah alles, was mir in die Finger geriet – nur keine Science-Fiction-Romane und offensichtlich auch keine Pferdebücher oder Fachbücher rund um das Thema Triathlon.

Als es nun also hieß, auf nach Rügen, weigerte ich mich konsequent. Und hatte unerwartet Glück, denn meine Eltern fanden sich für ihre Verhältnisse relativ schnell damit ab.

Meine Mutter war sogar der Meinung, dass man eine Siebzehnjährige wohl kaum gegen ihren Willen mit in den Familienurlaub schleppen sollte.

Mein Vater hingegen war so stark beruflich eingespannt, dass er kurzerhand beschloss, selbst auch nicht mitzukommen.

Tja, somit hatte sich das Thema Happy Family auf Rügen dann schnell wieder erledigt, denn Tobias würde zur gleichen Zeit mit seinem besten Freund Jan in Richtung Italien unterwegs sein. Es war der letzte Urlaub, bevor beide zu studieren anfingen. Tobias BWL und Jan Mathe und Sport auf Lehramt. Zumindest war die Reise so seit Wochen geplant.

Tja, und dann saßen Sabrina und ich gerade in meinem Zimmer und brüteten über unseren Facharbeiten, als es mörderisch in unserer Einfahrt krachte. Und das nicht nur in unserer Einfahrt, sondern später auch zwischen Tobias und unserem Vater.

Ich lief sofort zu meinem Zimmerfenster, das sich über unserem Garagendach befand, und Sabrina brachte die ganze Sache mal wieder auf den Punkt: »Na, super. Dein Bruder, der Held, hat gerade seinen Wagen geschrottet, weil er sich für Mister Superman persönlich hält.«

Tatsächlich: Der kleine Gebrauchtwagen, den Tobias

zum 18. von Oma Brunhild bekommen hatte, war Schrott, und zwar komplett.

Und das nur, weil mein Bruder meinte, es wäre lässig, mit quietschenden Reifen und angezogener Handbremse in unsere Einfahrt zu schlittern. Blöd nur, dass der Wagen meiner Mutter nicht in der Garage, sondern davorgestanden hatte. Das Ergebnis der hirnlosen Aktion waren ein Blechschaden und ein kaputtes Rücklicht.

Nichts, was man nicht wieder reparieren lassen könnte, wagte Tobias anzumerken und beging damit den nächsten bekloppten Fehler seines Lebens.

»Wenn das so ist, mein Lieber«, regte unser Vater sich auf. »Dann ist es ja gut, dass du gerade flüssig bist. Die Werkstattrechnung wirst nämlich du begleichen.«

Tobi wurde erst bleich wie das Garagentor, dann rot wie das Herzlich-willkommen-Schild, das neben unserer Haustür baumelte.

»Das ist jetzt aber nicht dein Ernst?!«, keuchte er.

»Worauf du wetten kannst!«, erklärte mein Vater.

»Aber-aber, das Geld brauche ich doch für die Tour durch Italien.«

Mein Vater blickte ihn finster an. »Die du gedenkst mit welchen Auto zu machen ...?«

Tobi schluckte und schluckte und schluckte.

»Siehst du, mein Sohn«, erklärte mein Vater, jetzt fast ein wenig triumphierend. »Du brauchst das Geld eh nicht mehr für Italien, weil du überhaupt kein Auto besitzt, in dem du dorthin kommen könntest. Deins ist Schrott, falls das deiner Aufmerksamkeit entgangen sein sollte.«

Okay, die beiden diskutierten noch eine ziemlich lange

Weile herum, aber am Ende blieb es dabei: Kein Auto, keine Italienreise und die Hälfte der Werkstattrechnung gehörte meinem Bruder.

Tobi war total geknickt und ja, er tat mir auch leid. Schließlich hatte er sich schon ewig auf die Reise mit Jan gefreut. Aber warum musste mein Bruder auch immer so einen Scheiß machen? Ganz ehrlich, wozu hatte er ein Gehirn, wenn er es nicht benutzte?!

Und *mir* ewig vorhalten, ich sei chaotisch ... von wegen!

Nach dem Streit mit unserem Vater verzog Tobi sich in sein Zimmer und drehte die Musik so laut auf, dass er davon garantiert einen Trommelfellschaden zurückbehalten würde. Und alle anderen, die mit ihm zusammen in diesem Haus wohnten, höchstwahrscheinlich auch.

Ich war wirklich ernsthaft um seine und meine Hörfähigkeit besorgt, nur deshalb traute ich mich in die Höhle des gefrusteten Löwen.

Anklopfen ersparte ich mir. Bei der Lautstärke würde er es eh nicht mitbekommen.

»Tobias!«, brüllte ich aus Leibeskräften, nachdem ich die Tür schwungvoll aufgestoßen hatte. »Kannst du bitte ein bisschen leiser machen?! Das hält echt keiner aus.«

Mein Bruder lag auf dem Bett, den Blick stur gegen die Decke gerichtet, und ignorierte mich.

Mir blieb nichts anderes übrig, als selbst zu handeln. Todesmutig schnappte ich mir sein Handy und unterbrach die Verbindung zu dem Bluetooth-Lautsprecher.

Die plötzliche Stille, die daraufhin folgte, tat fast noch mehr in den Ohren weh als der dröhnende Bass zuvor.

»Ey, was soll das?«, blaffte er mich natürlich prompt an. »Gib mir sofort mein Handy zurück und verzieh dich aus meinem Zimmer.«

»Nur wenn du versprichst, nicht wieder so laut zu machen. Das ist total kindisch.«

In einer einzigen fließenden Bewegung sprang mein Bruder vom Bett, flog auf mich zu und hatte mir die Arme so hinter dem Rücken verdreht, dass sich meine Hand von ganz alleine öffnete.

»Geht doch«, knurrte er und schwang sich mit seinem Handy zurück aufs Bett.

»Blödmann!«, motzte ich ihn an und rieb mir die Handgelenke. »Du hast mir wehgetan.«

»Ich habe dich gewarnt.«

»Na und? Ich habe ein Recht auf Ruhe. Setz von mir aus Kopfhörer auf oder keine Ahnung, geh joggen, wenn du deinen Frust loswerden musst, aber ...«

Weiter kam ich nicht. Meine Mutter erschien auf der Bildfläche.

»Kinder, Kinder, was streitet ihr beiden denn jetzt auch noch?« Sie seufzte und schüttelte den Kopf. Um ihre Beine sprangen wie immer Tom und Jerry herum, unsere beiden hyperaktiven Jack Russell Terrier. Meine Mutter konnte quasi keinen Schritt ohne sie tun, weil die beiden total auf sie fixiert waren. Meinen Vater, Tobi und mich ignorierten sie geflissentlich, denn sie fühlten sich offenbar dem Menschen verpflichtet, der ihnen ihr Futter gab, und das war nun mal meine Mutter.

»Ich hab ihm nur gesagt, dass er die Musik leiser machen soll«, stellte ich gleich mal klar.

Sie nickte und wandte sich dann Tobias zu. »Tobi, ich verstehe deinen Frust, aber das hast du dir echt selbst zuzuschreiben. Sei froh, dass Papa nicht darauf pocht, dass du die komplette Rechnung zahlst.«

»Na toll«, maulte er sie an. »Genau das wollte ich hören. Jetzt geht es mir gleich viel besser.« Meine Mutter blieb ruhig, wie immer.

»Ich habe mir etwas überlegt und ich möchte jetzt erst mal nur, dass du darüber nachdenkst«, erklärte sie meinem Bruder und brachte es sogar fertig, dabei mütterlich-verständnisvoll zu lächeln.

»Und das wäre?«, brummte er betont desinteressiert.

»Italien kannst du vergessen. Und da Jan kein Auto besitzt, er dann wohl auch. Aber ich lade euch beide ein, mit nach Rügen zu kommen. Das Haus ist groß genug und die Insel wunderschön. Ihr könntet dort richtig viel unternehmen: Surfen, Kitesurfen, Wasserski oder auch Segeln. Glaub mir, Rügen ist besonders wegen der vielen Wassersportangebote bei jungen Leuten schwer beliebt.«

»Rügen?« Tobias verdrehte die Augen, während meine Handinnenflächen feucht wurden und mein Herz das tat, was es seit einiger Zeit immer veranstaltete, wenn Jans Name fiel oder er leibhaftig vor mir stand: Es verwandelte sich in eine hyperaktive Trommel.

»Schlaf eine Nacht drüber und rede mit Jan. Oder von mir aus auch umgekehrt. Auf jeden Fall muss ich es bis morgen Mittag wissen. Danach kann ich nämlich nicht mehr kostenlos stornieren.« Damit verließ sie Tobias' Zimmer und ich trippelte zusammen mit Tom und Jerry aufgeregt hinter ihr her.

Bevor sie die Treppe zum Erdgeschoss erreicht hatte, lag meine Hand auf ihrem Arm.

»Also Mama, wenn Tobi mitkommt, dann würde ich es mir eventuell auch noch mal überlegen.«

Sie zog die Augenbrauen hoch. »So?«

Ich nickte. »Zumindest schlafe ich auch noch mal eine Nacht drüber. Vielleicht kann ich ja Sabrina fragen, ob sie auch mitkommen möchte?«

Nun nickte meine Mutter und lächelte. »Mach das, ich würde mich freuen. Ich mag es, wenn das Haus voller Leben ist.«

Am nächsten Morgen fing ich Tobi ab, noch bevor er durch die Toilettentür verschwinden konnte und, so wie ich meinen Bruder kannte, für Ewigkeiten nicht wieder herauskam.

Ich gab mir die größte Mühe, meine Stimme möglichst beiläufig klingen zu lassen. »Und, wie sieht's aus, Rügen oder doch lieber gefrustet at home?«

»Rügen«, lautete seine schlecht gelaunte Antwort.

»Cool«, gab ich lässig zurück – hoffte ich zumindest.

Tobias knallte die Klotür hinter sich zu und ich ging in mein Zimmer zurück. Dort sprang ich mit Anlauf auf mein Bett und riss lautlos jubelnd die Arme in die Höhe. Ein paar Sekunden hüpfte ich so auf und ab und konnte mein Glück nicht fassen. Dann schnappte ich mir mein Handy und wählte mit vor Aufregung ganz zittrigen Fingern ihre Nummer.

»Sabrina, du glaubst es nicht, es ist etwas Sensationelles passiert!«

»Hast du dich etwa endlich getraut, Jan zu gestehen, dass du total in ihn verknallt bist?«, staunte Sabrina und bewies einmal mehr, dass sie mich besser kannte als jeder andere. »Mensch, Flora, das wurde auch echt Zeit. Ich meine, Tobias' Geburtstag ist schon fast drei Monate her und du hast ...«

Ich fiel ihr ins Wort. »Natürlich habe ich es ihm nicht gesagt! Bist du verrückt? Aber ...« Ich machte eine dramatische Pause. »... ich bekomme die einmalige Chance, ihm zu zeigen, dass ich längst nicht mehr die kleine, leicht chaotische Flo bin.«

»Aha«, murmelte Sabrina skeptisch. »Und wie willst du das anstellen? Soll er es von deinen Lippen ablesen? Planst du, ihm eine Flaschenpost zu schicken?«

Ich verdrehte die Augen, musste aber grinsen. »Jaja, mach dich ruhig über mich lustig, aber du wirst schon sehen, auf Rügen werde ich ihm die Augen öffnen.«

»Rügen? Ich dachte, du wolltest nicht mitfahren?«

»Absolut nicht. Aber jetzt hat sich die Situation geändert, Tobias und Jan kommen auch mit.«

»Echt?«

»Echt!«, sagte ich lachend, weil Sabrina so ungläubig geklungen hatte. »Du bist übrigens auch herzlich eingeladen. Das wird sooo toll!«

Sabrina seufzte. »Oh nö. Das ist jetzt echt doof. Meine Eltern haben nun doch beschlossen, nach Mauritius zu fliegen. Du verstehst doch, dass ich dazu nicht Nein sagen kann?!«

»Ach menno«, murmelte ich enttäuscht. Gegen Mauritius war Rügen natürlich nicht mehr als ein verregneter

Sandkasten. »Ich hab mir schon alles so schön ausgemalt ...«

»Du schaffst das auch ohne mich«, baute Sabrina mich schnell wieder auf. »Bestimmt!«

Oh ja, sie hatte recht, schließlich war das meine Chance, die Möglichkeit, auf die ich gewartet hatte, seitdem mir klar geworden war, warum mein Gesicht sich klatschmohnrot verfärbte und meine Handinnenflächen zum Bachlauf wurden, sobald Jan sich in meiner Nähe aufhielt.

Ich, Flora Carstensen, war unsterblich in Jan verliebt und auf Rügen würde ich ihm das gestehen und dann ... dann würde er sich ebenso schwer in mich verlieben.

Ich war mir sicher, ziemlich sicher, dass Jan diesen Sommer endlich kapieren würde, dass ich seine große Liebe war.

Es musste einfach klappen – Rügen war mein Wink des Schicksals.

2

Als wir am Samstagmorgen im nun wieder entbeulten Van meiner Mutter bei Jan zu Hause vorfuhren, gab es nur noch auf dem Rücksitz neben mir einen freien Platz.

Meine Mutter wollte das erste Stück fahren, Tobias hockte neben ihr auf dem Beifahrersitz und Tom und Jerry in ihrer Hundebox im Kofferraum. Der restliche Innenraum war mit unserem Gepäck so vollgestopft, dass Jans Reisetasche ebenfalls mit auf den Rücksitz musste. Das wiederum hatte zur Folge, dass wir ziemlich eng zusammenrücken mussten. Manchmal entwickeln sich die Dinge eben so, wie es besser nicht sein könnte. Ich nahm an, dass hier das Schicksal begann, alles nach meinen lang ersehnten Wünschen einzufädeln.

Dafür, dass Jan und Tobias viel lieber nach Italien gefahren wären, war die Stimmung ziemlich gut. Tobias schmiedete Pläne, die sich allesamt um irgendwelche Wassersportaktivitäten drehten, Jan war völlig aus dem Häuschen wegen des Fresspakets, das meine Mutter zubereitet hatte und das uns, kaum dass wir losgefahren waren, einlud, erst mal ausgiebig zu frühstücken.

»Wow, Ulla, du hast ja sogar Hähnchenschenkel eingepackt.« Jan nannte meine Mutter beim Vornamen, weil mein Bruder und er schon seit der ersten Klasse Freunde waren. Natürlich hatte der Erstklässler Jan damals zu ihr Ulla und Du gesagt hat. Dabei war es geblieben.

Ich fieberte dem Moment entgegen, in dem ich urplötzlich von bleierner Müdigkeit überfallen werden würde. Selbstverständlich konnte ich es dann nicht verhindern, dabei gegen Jans Schulter zu sinken. Schließlich würde ich schlafen und meinen Körper, ganz besonders meinen Kopf, nicht mehr unter Kontrolle haben. Ich würde Jans männlichen, herben Duft einatmen, seine Wärme spüren, das Spiel seiner Muskeln (immerhin hatte er ein Einser-Sport-Abi hingelegt und wollte Sport studieren) – und wenn alles perfekt lief, seine Hand auf meiner Schulter, die für einen sehnsüchtigen Schauer bei mir sorgte.

Doch Jan aß und trank, als ob er seit Jahren nichts bekommen hätte oder fest davon überzeugt war, wir steuerten direkt auf eine einsame Südseeinsel zu, wo wir von nichts anderem als Kokosnüssen und dem Wasser einer nur schwer zu erreichenden Lagune leben müssten.

Wenn ich es jetzt wagte, Müdigkeit vorzutäuschen, riskierte ich gleichzeitig, dass sich dabei der Inhalt seines irgendwie nie leer werdenden Bechers in seiner rechten Hand über ihn und mich ergoss – und das waren bestimmt keine guten Voraussetzungen für den Sommer, in dem er sich in mich verlieben sollte.

Nach knapp zwei Stunden tat mir der Rücken weh, weil ich so angespannt dasaß. Nach einer weiteren halben Stunde schlug meine Mutter eine kurze Toilettenpause vor, inklusive Beinchenheben für Tom und Jerry. Danach sollte dann Tobias ans Steuer.

Als wir wieder ins Auto stiegen, wollte sie sich neben mich auf den Rücksitz schieben.

»Mama, da sitzt doch Jan«, zischte ich ihr zu.

»Wenn Tobias fährt, dann kann Jan doch auf den Beifahrersitz. Hier hinten ist es ja ganz schön eng für ihn mit seinen langen Beinen.« Schnell! Denk, Flora! Denk dir einen triftigen Grund aus, warum deine Mutter hier unter keinen Umständen Platz nehmen darf!

»Aber-aber-aber Jan hat doch seine ganzen Sachen hier liegen«, versuchte ich sie verzweifelt davon abzubringen. »Sein Handy und seine Kopfhörer und das ganze Essen und seine Jacke ...«

»Das geben wir ihm einfach alles nach vorne.«

Verdammt, sie wollte es nicht kapieren – was wiederum auch ganz gut so war. Sollte meine Mutter auch nur den Ansatz einer Lunte davon bekommen, dass ich in Jan verliebt war, dann würde sie bestimmt nicht eine Sekunde verstreichen lassen, um das Ganze mit mir zu diskutieren. Hoch und runter. Von links nach rechts. Vor und zurück. Ganz zu schweigen von den vielsagenden Andeutungen, die sie sich sicherlich nicht würde verkneifen können. Darauf konnte und wollte ich getrost verzichten.

Meine Mutter hatte schon eine Pobacke auf den Rücksitz geschoben, da sah ich Jan und Tobias aus dem Klohäuschen kommen. Ich musste mir auf der Stelle etwas einfallen lassen.

»Mama, ich muss dir was gestehen.« Ich hustete verlegen.

Meine Mutter verharrte in der Bewegung. »Gestehen?«

»Ich kann dein Parfüm nicht riechen«, log ich – ohne rot zu werden. Na ja, vielleicht lief ich ein ganz kleines bisschen rosa an. »Mir wird davon total übel. Und wenn du jetzt auch noch direkt neben mir sitzt, dann kann ich echt für nichts garantieren.«

Meine Mutter machte große Augen. »Aber ich habe doch gar keins drauf?«

Mist!

»Nur Bodylotion.«

»Dann ist es die«, behauptete ich.

Sie hob den Arm und roch daran. »Komisch, ich finde, die ist absolut geruchsneutral.«

Mir bleib nichts anderes übrig, ich musste zu meiner Geheimwaffe greifen.

»Mama, bitte, mir wird wirklich schlecht davon«, wisperte ich und ließ dabei meine Unterlippe leicht zittern.

»Um Himmels willen, nun wein doch nicht gleich, Flora.« Sie tätschelte mir die Wange. »Ich gehe nach vorne, und wenn wir auf Rügen angekommen sind, dann entsorge ich diese Bodylotion sofort. Ich meine, es geht ja wohl überhaupt nicht, dass du deine eigene Mutter nicht riechen kannst!«

Sie zwinkerte mir aufmunternd zu und ich atmete erleichtert durch.

Im nächsten Moment schob sich Jan an mir vorbei auf den Rücksitz.

»Willst du nicht nach vorne kommen?«, schlug Tobi ihm vor.

Aber meine Mutter hatte schon auf dem Beifahrersitz

Platz genommen. »Nee, lass mal, Flora wird irgendwie schlecht von meiner Bodylotion.«

Tobias zog verwundert das Kinn ein. Er beugte sich zu ihr vor und schnüffelte an ihr. »Also, ich rieche nichts.«

»Ich ja auch nicht«, erwiderte meine Mutter leise. »Aber du kennst ja Flora, die bildet sich gern mal etwas ein.«

Frechheit!, wollte ich schon rufen. Und auch, dass das gar nicht stimmte. Aber in diesen Moment geschah etwas echt ... hach.

»Solange dir von mir nicht schlecht wird«, sagte Jan und legte grinsend seinen Arm um mich. Dabei schenkte er mir einen Blick aus seinen blaugrauen Augen, die von langen, dichten Wimpern umgeben waren – so schöne Augen. Ich zuckte zusammen, als ob mich ein Stromschlag getroffen hätte. Mindestens 1000 Volt. Ich hatte Schmetterlinge im Bauch, Kribbeln auf der Haut, mir wurde heiß, kochend heiß. Jans Hand fühlte sich so gut an und er duftete so ... verdammt männlich, unsagbar anziehend ...

»Bes-bestimmt ni-ni-nicht«, krächzte ich atemlos – da war der Moment schon wieder vorbei.

Jan zog seinen Arm zurück und machte sich an dem verdammten, total überflüssigem und sich leider niemals leerenden Fresspaket zu schaffen.

Ich blieb noch einen Moment völlig erstarrt und ohne Luft zu bekommen sitzen, bevor es mir gelang, meinen Körper wieder unter Kontrolle zu kriegen und mich leise zu räuspern.

»Wie lange fahren wir noch?«, wisperte ich meiner Mutter zu.

»Laut Navi knapp zwei Stunden. Es sei denn, wir geraten in einen Stau. Aber im Moment ist die Autobahn ja herrlich frei.«

Okay, Flora, zwei Stunden bleiben dir also noch, um dich an Jans Schulter zu kuscheln.

»Habt ihr vorne noch Kaffee?«, wollte Jan wissen.

Bitte nicht, bitte lass die beiden bereits die komplette Thermoskanne leer getrunken haben. Sonst flippe ich aus.

»Ja klar«, sagte meine Mutter. »Reich mir mal deinen Becher.«

»Muss das sein?«, fragte ich Jan leise, bevor er ihrer Aufforderung nachkommen konnte.

»Warum?« Er sah mich mit seinen blauen Augen erstaunt an und strich sich die Haare aus der Stirn. »Was hast du neuerdings gegen Kaffee?«

Ich neigte meinen Kopf leicht zur Seite. »Mir ist immer noch ein bisschen flau wegen der Bodylotion meiner Mutter. Und jetzt auch noch der Geruch von Kaffee, ich glaube ...«

»Also Flora«, fiel mir meine Mutter ins Wort. »Jetzt übertreibst du es aber wirklich ein bisschen.«

»Mach ich gar nicht«, murrte ich. Wobei ich ihr insgeheim natürlich recht geben musste. Ein bisschen übertrieben war mein Getue schon. Hoffentlich nervte ich Jan damit nicht?

Glück gehabt, denn er lächelte mich verständnisvoll an. »Schon okay. Ich brauche jetzt nicht unbedingt Kaffee.«

Er verpasste mir einen leichten Knuff gegen den Oberarm – okay, nicht gerade liebevoll oder romantisch, aber immerhin hatte er meinetwegen auf Kaffee verzichtet. Ich betrachtete es als ein gutes Omen.

»Danke«, hauchte ich und schenkte Jan einen Augenaufschlagblick. Danach gähnte ich verstohlen hinter vorgehaltener Hand.

Und endlich meinte das Schicksal es gut mit mir. Jan ließ seine Hände vom Proviant und lehnte sich entspannt auf dem Sitz zurück. Im Radio begann Ed Sheeran seinen Song *Thinking out loud* zu singen, Jans Schulter lächelte mich einladend an, also sank ich mit geschlossenen Augen dagegen.

Meine Wange schmiegte sich an sein T-Shirt, ich atmete seinen warmen, herben Duft ein, spürte seine Muskeln. Es war noch schöner, als ich es mir erträumt hatte. So nah war ich Jan seit Tobis Geburtstagsvorbereitung nicht mehr gekommen.

Ed sang: »Kiss me under the light of a thousand stars ...«, und das Leben war einfach nur schön. So schön. So, so, so wunderschön.

Bis ich meine Mutter fragen hörte: »Schläft Flora?«

»Ich glaube, ja«, erwiderte Jan flüsternd.

»Pass bloß auf, dass sie dich nicht ansabbert«, warnte Tobias ihn spöttisch. »Das macht sie beim Schlafen nämlich immer.« Am liebsten hätte ich ihm von hinten meine Hände um die Kehle gelegt und langsam, aber mit absolutem Hochgenuss zugedrückt.

Ganz besonders, als ich spürte, wie Jan versuchte, mich mit sanfter Gewalt von sich zu schieben. Mein Herz wurde schwer. Ed sang immer noch so wahnsinnig romantisch und ich hing mit meinem Kopf irgendwo im Leeren. Ich kam mir so bescheuert wie nie vor. Und gleichzeitig war da so viel Sehnsucht, so verdammt viel Sehnsucht nach Jans Nähe, seinen Berührungen, einem Kuss von ihm.

3

Blinzelnd öffnete ich die Augen. Ich musste tatsächlich eingeschlafen sein, ganz entgegen meinem Plan, jede Sekunde an Jans Schulter zu genießen. Ich streckte mich genüsslich, wobei mein Ellbogen Jans Schulter streifte, und mimte dann die völlig Überraschte.

»Hab ich etwa geschlafen?«

Jan sah mich lächelnd an. Sein blondes Haar war leicht zerzaust. Ich hatte große Mühe, meine Hand davon abzuhalten, es ihm noch mehr durcheinanderzubringen. Ich mochte es, wenn seine Haare so waren. Bei all seiner Männlichkeit, seinem wirklich athletischen Körper, gab es ihm einen kindlichen Touch.

Sehr sexy, absolut. Genauso liebte ich Jans leicht raue Stimme, sie klang so ... hm ... irre anziehend in meinen Ohren.

Oh Mann, keine Frage, mich hatte es voll erwischt! Wenn jemand meine Gedanken hören könnte, würde er mich für komplett unzurechnungsfähig erklären.

Was wahrscheinlich auch stimmte.

»Ja, und zwar ziemlich lang und tief.«

»Echt?«

Jan nickte. Es sah so aus, als wollte er noch etwas hinzufügen, doch meine Mutter kam ihm zuvor.

»Du bist gerade rechtzeitig wieder wach geworden, Flora. Gleich verlassen wir das Festland und fahren über die Rügendammbrücke auf die Insel.«

»Aha«, machte ich und sah dann artig zum Fenster hinaus. Allerdings hatte ich mir unter einer Brücke etwas anderes vorgestellt als diese dreispurige Straße, auf der wir nun fuhren. Ich hielt Ausschau nach der Insel, aber hier war es nicht so inselig, wie ich mir das vorgestellt hatte.

»Wir haben Glück gehabt«, meinte meine Mutter, als wir schließlich auf der anderen Seite angekommen waren. »Die Brücke ist mehrmals täglich für 20 Minuten geöffnet, um Schiffen die Durchfahrt zu ermöglichen, und kann dann natürlich nicht befahren werden, was wiederum zu zusätzlichen Wartezeiten führt.«

»Aber das ist bestimmt spannend«, fand Tobias. »Ich meine, 'ne stinknormale Straße, die sich dann quasi von Geisterhand in der Mitte öffnet, das stell ich mir schon ziemlich beeindruckend vor.«

Jan nickte. Woraufhin ich sofort behauptete, ebenfalls ganz scharf darauf zu sein mitzuerleben, wie sich die Straße teilte.

»Wir können ja bei der Rückfahrt darauf achten, dass wir genau zur Öffnung hier ankommen«, schlug meine Mutter vor. »Die Zeiten stehen im Internet, habe ich gesehen.«

Jan und Tobias nickten und ich rief völlig euphorisch:

»Super Idee! Darauf freue ich mich jetzt schon.« Okay, meine Begeisterung klang vielleicht etwas übertrieben.

»So?«, staunte Tobias. »Seit wann interessierst du dich denn für so etwas?«

Ich bemerkte, dass auch Jan mich verwundert von der Seite musterte, und erklärte: »Tja, Bruderherz, ich bin halt eine vielseitig interessierte Frau.«

Spöttisch lachte mein Bruder auf. »Frau? Wohl eher Küken.« Ich beschloss, seine dämliche Bemerkung zu ignorieren und ihm heute Abend irgendein Abführmittel unter sein Essen zu mischen.

Sabrina hatte das am 70. Geburtstag ihrer Oma bei ihrem verhassten Cousin Jan-Evan ausprobiert, weil er sich bei jeder Gelegenheit von seiner schleimigsten Streber-und-Omas-Liebling-Seite aufspielen musste. Mit durchschlagendem Erfolg. Laut Sabrina hatte er die Feier komplett auf der Toilette verbracht. Wenn mein Bruder sich nur einfach mal seine Sprüche verkneifen würde!

Wir fuhren einmal quer über die Insel. Allerdings hatte ich mir Rügen ganz anders vorgestellt. Zu meiner Enttäuschung war hier weit und breit kein Meer zu sehen. Dafür kamen wir durch einen Ort namens Bergen. Aha, hier gab es also auch Berge?!

Meine Mutter schlug schon wieder eine kurze Pause vor.

»Laut Navi sind es aber nur noch 20 Minuten bis zu unserem Ferienhaus«, beschwerte sich Tobi.

»Aber ich würde mir hier in Bergen sehr gern etwas ansehen …«

»Was denn?«, fragte Tobias. Er wollte durchfahren, das war ihm deutlich anzumerken.

»Na ja«, druckste meine Mutter herum. »Es soll hier einen wirklich schönen Reiterhof geben.«

»Vergiss es!«, rief ich.

»Wir fahren durch!«, bestimmte Tobias im selben Moment.

Meine Mutter schmollte, aber das interessierte meinen Bruder und mich herzlich wenig. Wir warfen uns über den Rückspiegel einen verschwörerischen Blick zu. Tobi und ich waren wirklich selten einer Meinung, aber was den Pferdetick meiner Mutter betraf, zogen wir zum Glück am selben Strang.

Bald darauf hatten wir endlich Mukran erreicht. Zunächst fuhren wir zu der Ferienhausvermittlung, wo meine Mutter den Schlüssel für unser Haus und unsere Kurkarten abholte. Da sie jedoch eine halbe Ewigkeit wegblieb, stieg letztendlich auch Tobias aus, um nachzusehen, was sie in dem zweistöckigen roten Gebäude so lange trieb.

»Womöglich ist hinter dem Haus eine Pferdekoppel und wir können noch stundenlang auf sie warten«, prophezeite er uns.

Doch gerade als er die Autotür hinter sich zugeworfen hatte, kam meine Mutter aus der Ferienhausagentur. Und mit ihr eine junge Frau, die selbst aus einiger Entfernung ein echter Hingucker war. Sehr groß und schlank und mit so grazilen Bewegungen, als wäre sie Model. Das hellblonde Haar, das sie zu einem kunstvollen Knoten am Hinterkopf zusammengesteckt trug, und das blaue taillierte Kostüm verliehen ihr etwas Geschäftsmäßiges.

»Flora«, murmelte Jan neben mir. »Lass mich auch mal aussteigen.«

Ich ahnte, warum, und rührte mich nicht von der Stelle. »Meine Mutter kommt doch schon zurück. Wir fahren bestimmt gleich weiter.«

Unsanft schob er sich an mir vorbei, und ehe ich ihn irgendwie daran hindern konnte, war er schon neben meine Mutter getreten. Zusammen mit Tobi grinste er blöd um die Wette. Es war peinlich, wie offensichtlich die beiden die Blonde anschmachteten. Ich legte meine Arme um die Kopfstütze des Vordersitzes, um einen besseren Blick zu haben. Und bei dem, was ich sah, zog sich mein Magen schmerzhaft zusammen, mein Herz begann zu rasen und meine Finger krallten sich wie von selbst in die Kopfstütze. Jan und Tobi überschlugen sich förmlich, um der Blonden die Hand zu geben, die, wie ich jetzt sah, in meinem Alter sein musste, und standen dann dämlich grinsend herum.

Nach einer gefühlten halben Ewigkeit kamen die drei endlich zum Auto zurück. Die Blonde winkte abartig lässig und verschwand dann wieder im Büro. Jan schob mich unsanft rüber und pflanzte sich auf meinen Platz.

Er lächelte mich unschuldig bis besorgt an. »Alles klar bei dir? Oder riecht wieder irgendwas komisch?«

Nichts ist klar, und zwar deinetwegen, hätte ich ihm gerne an den Kopf gepfeffert. Doch natürlich tat ich das nicht. Ich deutete ein Nicken an und wisperte: »Alles in Ordnung. Ich bin nur froh, wenn wir endlich beim Ferienhaus sind ...«

Jan sah mich prüfend an. Seine Augen wirkten dunkler und sein Blick war ernst. Nicht so locker und unverbindlich wie sonst, glaubte ich zumindest. Ich schaffte es sogar, seinem Blick standzuhalten. Dann hob er plötzlich die Hand und strich mir mit dem Zeigefinger eine Strähne meines langen dunklen Haares aus dem Gesicht. Stromschläge pur.

»Gleich hast du es ja geschafft«, versprach er mit so einer sanften Stimme, dass ich beinahe in den Sitz geschmolzen wäre. Fast wäre ich in dem Blick, mit dem er mich noch immer so intensiv ansah, versunken, aber dann stieg mein Bruder ein. Und der hatte nichts Besseres zu tun, als zu verkünden: »Alter, Jan, bei der hast du ja wohl 'nen Volltreffer gelandet. Wie die dich angeguckt hat. Puh ... da geht was!« Er hob seine Hand zu einem High-Five – und Jan, der Blödmann, schlug auch tatsächlich ein. Das Band, das sich eben noch so spürbar zwischen uns gespannt hatte, zerriss.

Unser Haus befand sich in Mukran, das genau zwischen Sassnitz und dem Ostseebad Binz lag.

Es entpuppte sich als schlichter weißer Bungalow mit roten Dachziegeln, der sich inmitten eines relativ großen Gartens befand. Das Grundstück war komplett eingezäunt, was im Hinblick auf Tom und Jerry eine Grundvoraussetzung war. Sosehr die beiden Terrier auch an meiner Mutter hingen, sie ließen selten eine Chance ungenutzt, um ausgedehnte Spaziergänge zu unternehmen. So auch jetzt, als sie laut bellend aus dem Kofferraum sprangen und zwei Sekunden später im Gebüsch des Gartens verschwunden waren.

»Ziemlich abgelegen«, meinte Tobias, während er sich skeptisch umschaute.

Meine Mutter winkte ab. »Das täuscht. Das Haus ist zwar sehr ruhig gelegen, aber im Ferienhauskatalog stand, dass es bis zum Naturstrand der Prorer Wiek, der in Richtung Binz in einen herrlichen Sandstrand übergeht und zum Baden und schönen Strandspaziergängen einlädt, nur vierhundert Meter sind.«

Den Text hatte sie garantiert auswendig gelernt.

»Und wo kann man dann hier surfen und segeln?« Tobias wirkte nach wie vor nur mäßig begeistert.

Ich hingegen fand es gar nicht schlecht: Lesen konnte ich schließlich überall. Zumindest überall dort, wo Tobi nicht die Nachbarschaft mit seiner Musik beschallte. Außerdem bedeutete abgelegen auch, dass hier bestimmt nicht mit haufenweise weiteren Superblondinen zu rechnen war, die Jan anschmachten konnte – oder umgekehrt. Er sollte sich gefälligst auf mich konzentrieren!

»In Sassnitz kannst du sämtliche Wassersportarten machen. Dort gibt es sogar eine Tauchschule. Und natürlich auch in Binz. Aber das ist etwas weiter weg.«

»Wie weit ist es von hier nach Sassnitz?«, wollte nun auch Jan wissen und so allmählich verschwand das zuversichtliche Lächeln vom Gesicht meiner Mutter.

»Fünf Kilometer«, murmelte sie.

»Was? So weit?« Tobias wollte sich gerade so richtig aufregen, doch Jan meinte: »Das ist ja echt keine Entfernung.«

»Findest du?«, staunte Tobias.

Jan hob die Schultern. »Joggen wir doch wohl locker hin. Wir wollten doch eh viel Sport treiben ... Oder wir leihen uns irgendwo Bikes. Kann man hier sicherlich an jeder Ecke.«

Daraufhin verzog mein Bruder zwar mürrisch das Gesicht, aber er ersparte sich jeden weiteren Kommentar.

So schlicht, wie der Bungalow von außen wirkte, hätte ich nicht damit gerechnet, dass er mit wirklich schönen weißen Möbeln eingerichtet war. Die Wände waren in einem einheitlichen hellen Terrakottaton verputzt, der perfekt zu den Holzbodendielen passte.

»Wow, ist das schön«, entfuhr es mir. In Gedanken sah ich mich schon mit Jan auf dem großen hellbeigen Sofa aneinandergekuschelt liegen, während wir durch das riesige Panoramafenster den Sonnenuntergang beobachteten. Hach ...

Meine Mutter strahlte und auch Tobias schaffte es, sich ein leises »Schick, schick« abzuringen.

Gemeinsam erkundeten wir den Bungalow und teilten dann die Zimmer auf. Jan und Tobi bekamen eines der Doppelbettzimmer, meine Mutter das andere. Für mich blieb ein kleiner Raum, der mich eher an eine Abstellkammer erinnerte. Ein schmales Bett, davor auf dem Parkett ein bunter Läufer, daneben eine kleine weiße Holzkommode und gegenüber ein ebenso weißer, zweitüriger Schrank. Mehr Möbel befanden sich in dem Zimmer nicht und hätten auch überhaupt nicht reingepasst. Zum Glück gab es wenigstens ein Fenster mit einigermaßen hübschen karierten Übergardinen.

»Na toll«, murmelte ich enttäuscht.

Woraufhin mir meine Mutter sofort anbot, sich mit mir ihr Doppelbett zu teilen. Was ich dankend ablehnte. Schließlich war es doch so: Wenn alles so lief, wie ich es mir für den Sommer auf Rügen ausgemalt hatte, würde Tobi eh bald in dem Notbettschlauchzimmer nächtigen, während ich mich zu Jan kuschelte.

Noch mal hach ...

Wir schleppten unsere Koffer und Reisetaschen ins Haus und dann die Unmengen von Essensvorräten, die meine Mutter mitgenommen hatte. Tom und Jerry tobten währenddessen wie angestochen durchs Haus und beschnüffelten alles. Meine Mutter schlug vor, erst mal gemeinsam runter zum Strand zu gehen, bevor wir alles auspacken und einräumen würden. Ich malte mir bereits eine kleine Wasserschlacht am Strand aus, bei der Jan und ich herumalbern würden ...

»Ma, jetzt sei nicht sauer, aber Jan und ich würden echt gern mal alleine die Gegend erkunden und abchecken, was hier so los ist.«

Meine Mutter war kein bisschen sauer. Schließlich hatte sie ja mich.

»Ähm ... na ja, ich würde eigentlich auch lieber mit Tobias und Jan ...«

Weiter kam ich nicht, weil Tobias mir kopfschüttelnd ins Wort fiel. »Nee, nee, Flo, leiste du mal schön Ma Gesellschaft.«

»Na toll!«, maulte ich los.

»Meinetwegen kannst du gern mit den Jungs gehen«, beeilte sich meine Mutter zu versichern. »Ich komme auch alleine zurecht.«

Doch ein Blick in ihr Gesicht und mir wurde klar, dass sie mein *na toll* richtig getroffen hatte. Oh ja, sie konnte einem mit ihrem Pferdetick gewaltig auf den Geist gehen, aber sie so geknickt zu sehen, das tat mir dann doch leid.

»Schon gut, ich gehe mit dir, Mama«, erklärte ich und lächelte sie entschuldigend an.

»Musst du aber nicht.«

»Will ich aber.«

Damit war die Sache beschlossen.

Tobias und Jan hatten es sofort ziemlich eilig loszuziehen. Ich schaute ihnen sehnsüchtig nach, als sie bestens gelaunt das Grundstück verließen.

Tja, und ich durfte mit meiner Mutter rumhängen, die dann jedoch prompt nichts Besseres zu tun hatte, als erst mal ihre Koffer auszupacken.

»Ähm, Mama, wir wollten doch runter zum Strand?!«, erinnerte ich sie.

»Gleich, Flora, ich möchte nur schnell die Kleider und Blusen aufhängen.«

Den Kleidern und Blusen folgten ihre Hosen, Röcke, T-Shirts und schließlich all die anderen Klamotten in ihren Koffern und anschließend auch noch sämtliche Badeutensilien. Als sie schließlich damit begann, nun auch noch die Lebensmittelvorräte in den Küchenschränken zu verstauen, war es mit meiner Geduld endgültig vorbei.

»Wenn du jetzt nicht kommst, dann gehe ich alleine«, erklärte ich.

Doch meine Androhung tangierte sie herzlich wenig, seelenruhig machte sie mit dem Wegräumen weiter.

»Ich gehe jetzt!«, sagte ich noch einmal.

»Ja, okay«, erwiderte sie fast ein wenig gleichgültig. »Dann tu das, Flora. Ich möchte hier erst klar Schiff machen. Vielleicht komme ich dann mit Tom und Jerry noch nach.«

Ich stöhnte ärgerlich auf. »Wie blöd ist das denn? Dann hätte ich auch gleich mit Tobi und Jan mitgehen können.«

Doch meine Mutter hatte ihre Aufmerksamkeit längst wieder auf diverse Dosen gerichtet, die unbedingt in irgendwelche Unterschränke verstaut werden mussten.

»Dann gehe ich jetzt!«, sagte ich zum dritten Mal.

Entschlossen kramte ich mein Handy und meine Geldbörse zusammen und verließ den Bungalow.

Bisher war einfach nichts nach meinem Jan-und-Flora-verliebt-auf-Rügen-Plan verlaufen, doch ich würde mich davon bestimmt nicht runterziehen lassen. Heute war der erste Tag auf Rügen, der Insel, auf die ich nur wegen Jan mitgekommen war. Mir blieben noch der Rest von heute und zwanzig weitere. Die Sonne schien am wolkenlosen Himmel wie auf einer Urlaubskarte, es roch nach Meer, irgendwo in der Ferne kreischten die Möwen. Ich war mir sicher, alles würde gut werden, es gab noch lange keinen Grund, den Kopf hängen zu lassen.

Fast ein wenig beschwingt überquerte ich die kleine Landstraße und folgte dann einem schmalen Sandweg, der mich laut einem Holzschild direkt zum Strand führen würde.

Der Weg schlängelte sich durch eine flache Dünenlandschaft mit schneeweißem, feinkörnigem Sand, vereinzelten kleineren Nadelbäumen und Schilf, dahinter befand sich der riesige Küstenwald, von dem meine Mutter uns so vorgeschwärmt hatte.

Ich musste zugeben, dass mich die wilde Landschaft wider Erwarten ziemlich faszinierte, doch als ich schließlich den »Strand« erreichte, war es schlagartig vorbei mit meiner Begeisterung. Das Ufer war hier nicht breiter als zwei, drei Meter, steinig und menschenleer. Kein Wunder, denn es lud bei dem harten Untergrund weder zum Baden und erst recht nicht zum Sonnen ein.

»Na super«, entfuhr es mir enttäuscht. »So viel zum angeblichen kilometerlangen herrlichen Sandstrand auf Rügen.«

Einzig der herrlich weite Blick übers Meer und der salzige Geruch sorgten dafür, dass sich nun doch dieses ganz einmalige Glücksgefühl in mir ausbreitete, das ich so nur am Meer verspürte.

Tief durchatmend ließ ich meinen Blick nach links schweifen, wo der schmale Naturstrand komplett in eine steinige Wald- und Hügellandschaft überging. Dahinter entdeckte ich in der Ferne einen großen Hafen, der aber eher nach Industrie- und Fährverkehr aussah als einem mondänen Jachthafen mit Segelboten und luxuriösen Motorjachten.

Doch zur rechten Seite bot sich mir dann ein ganz anderes Bild: Das Ufer wurde breiter, und wenn mich meine Augen nicht täuschten, ging es tatsächlich in den von meiner Mutter angekündigten herrlich weißen Sandstrand über.

Somit war klar, in welche Richtung ich mich wenden

musste, um vielleicht doch noch auf Tobias und Jan zu treffen. Zumal sich dort hinten eindeutig Surfer und Kitesurfer auf dem Wasser tummelten, auch wenn sie von hier aus nichts mehr als kleine Punkte waren.

Ich hätte gerne meine Schuhe ausgezogen und wäre im Wasser gelaufen, doch der Boden war einfach zu uneben. Bei meinem Glück trat ich auf den erstbesten spitzen Stein und konnte dann geradewegs zurück zum Ferienhaus humpeln.

Die Hitze war inzwischen fast unerträglich geworden und eine frische Seebrise, wie ich sie erwartet hatte, wollte sich auch nicht einstellen. Ich war schon ein ganzes Stück gelaufen und hatte unterwegs nur vereinzelt andere Strandspaziergänger getroffen. Gerade ärgerte ich mich zum x-ten Mal dumm und dusselig, dass ich nicht wenigstes daran gedacht hatte, meinen Bikini unterzuziehen – da vernahm ich plötzlich eine laute Männerstimme. Sie kam aus dem dichten Küstenwald, der hier nahtlos ans steinige Ufer anschloss, und wenn mich nicht alles täuschte, klang sie ziemlich ärgerlich.

Ich blieb stehen, schaute neugierig zu dem schmalen Pfad hoch, der sich vom steinigen Strand durch den Wald schlängelte, und versuchte auszumachen, wo genau sich der Besitzer dieser ungehaltenen Stimme befand, da hörte ich eine weibliche Stimme sich vor Aufregung fast überschlagen. »Aber-aber warum denn nicht? Warum willst du es einfach nicht einsehen?«

»Lass mich in Ruhe, ja? Ich hab absolut keine Lust mehr, mit dir darüber zu diskutieren«, erwiderte die männliche Stimme.

»Weil du es nicht wahrhaben willst. Aber weißt du, was, so allmählich kannst du mich mal!«

»Dann ist ja alles geklärt.«

Im nächsten Moment kam ein blondes Mädchen aus dem Küstenwald gelaufen. Obwohl sie nun Joggingklamotten und nicht mehr das schicke blaue Kostüm trug und ihr Gesicht sich dunkelrot verfärbt hatte, erkannte ich die Blondine aus der Ferienhausagentur sofort. »Hallo«, sagte ich, weil sie direkt auf mich zulief.

Sie blickte kurz auf und bedachte mich mit einem finsteren Blick. Meinen Gruß ließ sie unerwidert.

Die blöde Kuh hat wohl mit dem Kostüm ihre guten Manieren und strahlende Freundlichkeit gleich mit abgelegt, dachte ich und ging kopfschüttelnd weiter.

Weit sollte ich jedoch nicht kommen, weil da ein dunkelhaariger Typ aus dem Wald herausgeschossen kam. Er hielt den Kopf leicht gesenkt, weshalb er mich wohl nicht gleich sah und mit ziemlichem Karacho in mich hineinrannte.

Ich schwankte ein wenig zur Seite, machte einen wackeligen Schritt nach links, und wenn der Typ nicht so gegenwärtig reagiert und meinen Unterarm umfasst hätte, wäre ich der Länge nach hintenüber auf die Felsen im Wasser gefallen.

»Verdammt! Kannst du nicht aufpassen?!«, fluchte er. Ihm schien gar nicht klar zu sein, dass nicht ich in ihn, sondern er in mich gerannt war.

Inzwischen stand ich wieder fest auf beiden Beinen und schüttelte empört seine Hand ab.

»Wie bitte? Ich soll aufpassen? Du hast mich doch fast

umgerannt!« Ich duzte ihn, weil ich jetzt erkannte, dass er nicht viel älter als ich sein konnte.

Er schaute mich fassungslos an, bevor er anscheinend endlich die Situation begriff und nun kleinlaut murmelte: »Tut mir leid. Alles in Ordnung bei dir?«

Meine rechte Schulter schmerzte, ebenso mein rechter Fuß, auf den er mir mit voller Wucht gelatscht war, dennoch winkte ich lässig ab und versicherte ihm: »Halb so wild, ich lebe noch.« Das Gesicht des Typen war nun dunkelrot verfärbt, es war offensichtlich, wie peinlich ihm die Situation wohl inzwischen war.

»Ich hab dich echt nicht gesehen.« Entschuldigend hob er die Hände, ließ dann aber die linke unentschlossen wieder fallen und strich sich mit der rechten das dunkle, halblange Haar aus der Stirn zurück.

»Ja, wie gesagt, ich lebe noch.«

Plötzlich grinste er. Dabei funkelten seine braunen Augen schelmisch.

»Was ist?«, fragte ich unsicher.

Statt mir zu antworten, konterte er mit einer Gegenfrage. »Wie heißt du eigentlich?«

Ich wollte ihm bestimmt meinen Namen nicht verraten. Warum auch? Ich fand ihn irgendwie unverschämt. Wie er mich von oben bis unten musterte. Und dazu sein Grinsen. Natürlich war mir nicht entgangen, dass er extrem gut aussah – wenn man auf diesen Typ junger Orlando Bloom mit schwarzen Augen, halblangen dunklen Haaren und durchtrainiertem Body stand. Und nicht gerade in jemand ganz anderen verliebt gewesen wäre.

Warum ich dann doch sagte: »Flora, ich heiße Flora!«, war mir selbst ein Rätsel. Wahrscheinlich ein Reflex.

Er schnalzte sonderbar mit der Zunge.

»Oh, ein wirklich schöner Name. Er passt zu dir.«

Sollte das etwa ein Kompliment sein? Wenn ich Chlothilde gesagt hätte, hätte er das dann auch behauptet?

Na ja, diese Art Spruch war auch irgendwie typisch für solche Typen, die sich für unwiderstehlich hielten.

»Ich heiße übrigens Philipp«, sagte er nun.

Ich nickte. »Ja, toll.« Was Besseres wollte mir einfach nicht einfallen.

»Toll?« Er zog schmunzelnd die Augenbrauen hoch. »Wirklich toll?«

Die ganze Situation war irgendwie absurd. Unsere Blicke trafen sich, seine Unterlippe begann verräterisch zu zucken, bevor wir schließlich fast zeitgleich in lautes Gelächter ausbrachen.

Er hatte ein schönes Lachen, warm und dennoch rau. Das dunkle Haar fiel ihm ins Gesicht zurück und plötzlich empfand ich eine sonderbare Vertrautheit zwischen uns, die ich mir nicht erklären konnte. Schließlich war ich ihm nie zuvor in meinem Leben begegnet!

»Ist die Sache mit dem Umrennen eigentlich deine Taktik?«, fragte ich ihn schließlich. Ich wusste auch nicht, was mich da gerade ritt, und erst recht nicht, warum ich ihn dabei so cool und herausfordernd anblickte. Das war sonst ganz und gar nicht meine Art. »Von wegen erst umrennen und dann flirten?«

»Natürlich! So mache ich das immer«, behauptete er breit grinsend.

»Dachte ich mir schon. Und deine Freundin, was sagt die dazu?«

Flora, jetzt ist aber wirklich gut, schimpfte ich mich innerlich selbst aus. Was treibst du hier eigentlich? Geh weiter, auf der Stelle. Zieh Leine! Und dieser plumpe Spruch wegen seiner Freundin. Geht's noch? Du bist hier auf Rügen, um Jan zu erobern und nicht einen wildfremdem Typen, der augenscheinlich gerade Stress mit seiner Freundin hatte.

»Welche Freundin?« Er mimte den völlig Ahnungslosen. Unfassbar. Er musste doch ahnen, dass ich ihn mit ihr streiten gehört hatte?!

»Ähm ... na ja, die Blonde, die kurz vor dir aus dem Wald gelaufen ist ... und die uns vor gar nicht langer Zeit den Schlüssel für unser Ferienhaus ausgehändigt hat. Hab sie fast nicht erkannt in den Joggingklamotten.«

Und warum um alles in der Welt meinte ich, diesem Philipp das so detailliert erklären zu müssen? Mund halten, Flora, aber sofort!

»Ach, du meinst Isabel.« Er verzog fast schon gequält das Gesicht. »Sie ist nicht meine Freundin. Wir waren nur zusammen joggen. Leider ist selbst das mit ihr ohne Streit kaum möglich. Genauer gesagt und aus diesem Grund ist sie meine Exfreundin. Sie jobbt wie ich in den Semesterferien auf Rügen und nach Feierabend laufen wir dann manchmal eine Runde zusammen. Aber ich schätze, dies war erst mal unsere letzte gemeinsame Runde ...«

»Aha«, machte ich nur. Offenbar hatte er ebenso einen

Hang zum unnötigen Detail. Ich beschloss, endlich zu gehen. Ehe ich ihm noch mehr Fragen stellte, die mich als superneugierig dastehen ließen und mich im Grunde auch absolut nichts angingen. Ich nickte ihm unverbindlich lächelnd zu und erklärte: »Ich muss jetzt auch mal weiter. Mach's gut.«

Für den Bruchteil einer Sekunde zeichnete sich Enttäuschung auf seinem Gesicht ab.

»Wie jetzt, meine astreine Umrenntaktik soll völlig umsonst gewesen sein?«

Ich verzog den Mund zu einem spöttischen Lächeln und wandte mich zum Gehen. »Sorry, leider ja. Aber vielleicht hast du bei der nächsten einsamen Strandläuferin mehr Glück. Oder du versöhnst dich doch noch wieder mit deiner Ex?!«

Er sah mich irritiert an, bevor er vehement den Kopf schüttelte. »Sicherlich nicht. Das Thema ist für alle Zeiten durch.«

»Schön für dich«, entgegnete ich. Wobei auch das wieder völliger Quatsch war, weil ich ja gar nicht wusste, ob es schön war. Nur weil diese Isabel mir gerade so unfreundlich gekommen war, musste das ja nicht automatisch bedeuten, dass er froh sein konnte, sie los zu sein.

Es wurde wirklich Zeit zum Weitergehen, bevor ich noch größeren Stuss von mir gab.

»Also, tschau!« Ich hob kurz die Hand, wandte mich um und marschierte los.

Gerade als ich dachte, dass er meinen Abschiedsgruß ja ruhig hätte erwidern können, spürte ich plötzlich eine Hand auf meiner Schulter.

»Hey, was soll das?«, rief ich irritiert.

Philipp grinste mich unschuldig an. »Hast du nicht etwas vergessen?«

Mein Magen zog sich sonderbar zusammen. Was sollte das? Was wollte er von mir? Warum rannte er mir hinterher?

Unwillkürlich wich ich einen Schritt zurück und ballte die Hände zu Fäusten. »Ich wüsste nicht, was«, brummte ich abweisend.

Aus dem Augenwinkel nahm ich ein älteres Spaziergängerpaar wahr, das direkt auf uns zugeschlendert kam, und entspannte mich wieder etwas. Immerhin waren wir hier nicht allein.

Philipp sah mich entschuldigend an. »Auweia, du siehst ja richtig geschockt aus.« Er zog den linken Arm hinter seinem Rücken hervor und präsentierte mir in seiner flachen Hand liegend ein Handy. »Das meinte ich.«

»Ja, ähm ... prima. Ein Handy.«

Er lachte auf. »Ja, ein Handy! Dein Handy!«

Ich starrte auf seine Hand und kapierte endlich. »Wie-wie kommst du zu meinem Handy?«

War er etwa ein Taschendieb? Blödsinn, dann würde er es mir wohl kaum hinterhertragen.

»Es ist dir wohl eben aus deiner hinteren Hosentasche gerutscht. Ich hab es aufgehoben und na ja, hier ist es.« Er sah mich zaghaft lächelnd an.

Er lächelte immer breiter, als ich meine linke Pobacke betastete, was natürlich Blödsinn war, denn mein Handy lag eindeutig auf seiner Hand.

»Äh, ja, dann vielen Dank«, krächzte ich und wollte es

nehmen. Doch er schloss die Finger um mein Handy und zog seine Hand blitzschnell zurück.

Erstaunt zog ich die Augenbrauen hoch. »Was soll das?«, fragte ich. Was bildete der Typ sich eigentlich ein? Gehörte das etwas auch noch zu seiner Anmache-Taktik?

»Ich möchte dir einen Tausch vorschlagen.«

»Was für einen Tausch?«

»Deine Handynummer gegen dein Handy.« Seine Mundwinkel umspielte ein gewinnendes Lächeln. Ich zeigte ihm einen Vogel. »Warum sollte ich dir meine Handynummer geben?«

Er neigte den Kopf ein wenig zu Seite und blickte mich unschuldig aus seinen dunklen Augen an. »Damit ich dich anrufen kann.«

Ich konnte nicht anders, ich musste lachen. Dieser Philipp war irgendwie die Krönung. Einerseits selbstsicher bis zum Gehtnichtmehr, fast schon ein wenig selbstverliebt, aber andererseits irgendwie auch ... nett. Sympathisch. Witzig.

Ich kam nicht umhin, mir selbst einzugestehen, dass ich ihn mochte. Und vielleicht war es gar nicht mal so schlecht, jemanden auf der Insel zu kennen, mit dem ich mich gut verstand.

Wenn Tobi sich weiterhin weigerte, mich irgendwohin mitzunehmen, dann durfte ich am Ende doch noch mit meiner Mutter auf irgendeinen blöden Reiterhof fahren. Und dazu hatte ich bestimmt keine Lust. Never ever!

»Okay, aber nur, weil du dir mit dem Umrennen so viel Mühe gegeben hast«, beschloss ich.

»Super«, fand er.

Als er mir mein Handy reichte, berührten sich unsere Hände für einen flüchtigen Augenblick. Es war ein sonderbares Gefühl. Irgendwie vertraut und gleichzeitig total spannend. Wir schauten uns einen Moment lang schweigend an.

Dann nickte Philipp mir auffordernd zu und sagte: »Also. Deine Nummer?«

Als ich eine knappe Stunde später den schmalen Flur des Ferienhauses betrat, schlug mir ein verkohlter Duft entgegen. Ich fand meinen Bruder in der Küche am Herd, wo er sich an so was Ähnlichem wie Pfannkuchen versuchte.

»Ihr kommt gerade richtig«, rief er fröhlich.

»Ihr?«

Verwundert sah er mich an. »Wo ist denn Ma?«

Ich zuckte mit den Schultern. »Keine Ahnung. Sie wollte dann doch erst noch alles auspacken und einräumen. Darum bin ich alleine losgezogen. Und warum seid ihr schon wieder zurück?«

Mein Bruder rollte genervt mit den Augen. »Zu Fuß kannst du das hier alles vergessen. Ich wollte eigentlich das Auto holen und dann nach Binz fahren, aber offenbar ist Ma damit unterwegs. Außerdem hatte ich Kohldampf.«

»Aha«, machte ich, während sich ein leiser Verdacht in mir regte.

»Ich hab da so eine Ahnung, wo Mama hingefahren ist«, erklärte ich meinem Bruder. »Sie hat sich vorhin auffallend lange Zeit gelassen, fast so, als ob sie mich loswerden wollte.«

Tobias begriff sofort worauf ich hinauswollte. »Alles klar, sie ist zurück nach Bergen zu dem Pferdehof gefahren. Typisch Ma.«

Ich nickte. »Davon kannst du ...«

Ich brachte meinen Satz nicht zu Ende, denn in diesem Augenblick kam Jan in die Küche spaziert. Sein blondes, halblanges Haar klebte ihm am Kopf und außer dunkelblauen Boxershorts und einem Handtuch, das er sich lässig über die Schultern geworfen hatte, war er nackt. Offenbar kam er direkt aus der Dusche.

Ich starrte ihn nur an, während mein Puls mir wie verrückt in den Ohren dröhnte. Schau weg, Flora!

Jan strahlte mich an und rubbelte sich mit dem Handtuch durch die Haare. »Hi Flo, auch schon wieder zurück?«

Ich schluckte schwer. Mein Kopf war wie leer gefegt – ich konnte nur noch denken, dass ich Jans Haare am liebsten aus dem Gesicht gestrichen hätte, seinen Kopf in meine Hände genommen und ... Er würde sich zu mir runterbeugen, mich in seinen Armen halten und dann seine Lippen auf meine ... Reiß dich zusammen, Flora!

»Der Strand ... ähm ... nichts als ... ähm, na ja ... Steine«, stammelte ich.

Amüsiert hob Jan die Brauen. Seine Augen funkelten und spielerisch zog er mir mit seinem Handtuch eins über. Er roch so verdammt gut. Die Muskeln unter seiner glatten Haut zuckten. »Seit wann stotterst du denn? Tut dir die Seeluft nicht gut?«

Ich schloss für einen Moment die Lider, um mich zu sammeln. Als ich sie wieder aufschlug, schaute mir Jan direkt in die Augen. Seine dunkle Iris bohrte sich in meine und ich hatte das Gefühl, hypnotisiert zu sein. Vollkommen willenlos. Wie gelähmt stand ich da und kam mir von Sekunde zu Sekunde blöder vor.

Sag was, Flora, feuerte eine selbstbewusste Stimme tief in mir mich an. Los, sag irgendetwas Witziges, Kluges, Charmantes ... nun mach schon! Wie bei diesem Philipp vorhin! Aber ich brachte einfach keinen Ton über die Lippen.

Schließlich hob Jan verwundert die Hände. »Geht es dir nicht gut, Flo? Du bist plötzlich ganz blass.«

Ich atmete geräuschvoll aus. »Nö ... ich-ich ...«

»Das Kind hat bestimmt Hunger«, scherzte Tobias und rettete mich damit wahrscheinlich völlig unbeabsichtigt aus meiner endpeinlichen Stockstarre. Kind – ja, ganz toll. Solange Tobi immer wieder betonte, dass ich das Kind war, wie sollte Jan dann jemals das Gefühl bekommen, ich könnte für irgendjemand mehr als nur die ewig kleine Flora sein?

»Aber du hast Glück, die ersten Pfannkuchen sind schon fertig. Also setzt euch.«

Ich folgte seiner Aufforderung, viel länger hätten meine Beine mir eh nicht mehr gehorcht, und zuckte dann wie elektrisiert zusammen, als Jan sich auf den Stuhl direkt neben mir sinken ließ. So nah, dass sein nackter Arm meinen T-Shirt-freien Unterarm berührte. Der nackte Arm, der an seinem noch immer nackten Oberkörper hing ...

Erstaunt sah Jan mich von der Seite an. »Mit dir stimmt doch was nicht?!«, raunte er mir leise zu. »Ist irgendetwas passiert? Oder ist dir noch immer von Ullas Bodylotion schlecht?« Besorgt sah er mich von der Seite an.

Nein, mir ist nicht schlecht, antwortete ich ihm in Gedanken. Aber passiert ist mir auf jeden Fall etwas: Ich habe mich in dich verliebt, und zwar so richtig, hätte ich gern erwidert. Aber natürlich traute ich mich das nicht – schon gar nicht, weil ich dann klingen würde wie aus einer dieser schlimmen Vorabendserien entsprungen, und erst recht nicht, weil mein Bruder direkt hinter mir stand und mir einen Teller mit Pfannkuchen und Besteck reichte. Unter Jans amüsierten Blicken versuchte ich, ein Stück von dem Pfannkuchen abzuschneiden. Das klappte nicht, er war einfach zu zäh. Also brach ich was ab.

Tobi und Jan beobachteten mich, wie ich eine winzige Ecke des sehr dunklen Pfannkuchens in den Mund steckte und angestrengt darauf herumkaute. Ich war ihr Versuchskaninchen. Wie früher, wenn sie irgendeine undefinierbare Pampe zusammengemischt hatten und die ahnungslose kleine Flo zuerst probieren ließen.

»Jetzt sag schon«, forderte Tobias mich auf. »Lecker oder ekelhaft?«

Ich grinste gequält. »Definitiv verbesserungswürdig ...«

Tobi fluchte und versuchte dann selbst ein Stück vom ledrigen Pfannkuchen. Er spuckte es angewidert ins Spülbecken.

Jan fand's witzig und lachte.

Mir war weder nach Fluchen noch nach Lachen zumute. Ich fühlte mich einfach nur elend. Jan behandelte mich wie immer, eben wie die kleine Schwester seines besten Freundes und somit auch irgendwie wie seine eigene jüngere Schwester. Ansonsten war da nichts zwischen uns. Gar nichts! Kein spannender Blick, keine Geste, null Romantik – total vertraut und alles völlig harmlos.

»Ich leg mich dann mal hin …«, sagte ich und schlich rüber in mein winziges Schlauchzimmer.

Als ich mich der Länge nach aufs Bett schmiss, kam mir Jan so unerreichbar wie nie vor und mein Plan einfach nur kindisch und albern. Aber das passte ja zu der kleinen Flora.

4

Am nächsten Morgen wurde ich von der Sonne geweckt. Ich öffnete die Augen und betrachtete eine Weile das Schauspiel der silbern schimmernden Staubpartikel, die langsam durchs Zimmer schwebten. Ich lag nur da und dachte an nichts. Bis ich begriff, dass ich anscheinend von gestern Nachmittag an durchgeschlafen hatte. Dieser Schreck brachte mich mit einem Satz aus dem Bett und mit weniger als eineinhalb Schritten zur Tür.

Ich fand die anderen in der Küche, wo sie gerade frühstückten. Augenblicklich bekam ich schlechte Laune. Erstens, weil ich mir in diesem Moment bewusst wurde, dass ich ungewaschen und mit wahrscheinlich typisch zerzausten Schlaf-Haaren vor Jan stand, dazu in den Klamotten von gestern, in denen ich geschlafen hatte. Zweitens, weil sie es weder gestern noch heute Morgen für nötig gehalten hatten, mich zu wecken. Danke dafür!

»Flora, guten Morgen«, rief meine Mutter fröhlich. »Gerade habe ich zu den Jungs gesagt, dass wir dich wohl langsam mal wecken sollten.«

Von wegen, lag es mir schon auf der Zunge giftig zu erwidern, als Charlie Puth in meiner Hosentasche zu singen begann.

»Was ist das?«, wollte meine Mutter wissen.

»Floras neuer Klingelton«, klärte Tobias sie kauend auf. »Sie findet, der Typ kann singen.«

Den Kommentar meines Bruders ignorierend, zog ich hektisch mein Handy aus der Tasche und warf einen Blick aufs Display. Eine mir unbekannte Handynummer wurde angezeigt.

»Hallo?«, sprach ich in den Hörer.

»Flora?«, fragte eine männliche Stimme, die ich beim besten Willen niemandem zuordnen konnte.

»Ja?«

»Hi, ich bin's, Philipp.«

»Philipp?« Ich kannte keinen Philipp. Zumindest nicht so gut, dass er im Besitz meiner Handynummer war.

Er lachte ins Telefon. »Mist! Dann habe ich also keinen bleibenden Eindruck auf dich gemacht? Ich bin der ungehobelte Typ, der dich gestern fast umgerannt hätte und der dir im Tausch dann deine Handynummer abgeschwatzt hat.«

»Ach ja, klar, natürlich doch«, rief ich begreifend.

Die drei am Frühstückstisch sahen mich neugierig an. Wenn mich nicht alles täuschte, dann hatte Jan sogar aufgehört zu kauen. Wieso sah Jan eigentlich schon morgens so unverschämt gut aus – seine Augen strahlten mit dem Blau des Himmels um die Wette. Seine Haare hatten diesen leichten Verwuscheltouch, den ich so unfassbar sexy an ihm fand – verdammt.

»Wer ist das?«, fragte meine Mutter mit gesenkter Stimme.

Einem ersten Impuls folgend wollte ich den Hörer zuhalten und erwidern, dass dieser Philipp nur so ein nerviger Typ sei, den ich gestern zufällig kennengelernt hatte. Doch dann kam mir plötzlich Sabrinas Ratschlag in den Sinn, den sie mir quasi als Urlaubstipp noch mit auf den Weg gegeben hatte.

Sie vertrat die Meinung, dass das männliche Geschlecht oftmals ziemlich begriffsstutzig sei und man deshalb auf radikalere Maßnahmen zurückgreifen müsste, um ihnen die Augen zu öffnen.

»Am besten, du machst ihn ordentlich eifersüchtig«, hatte sie mir geraten. Sie selbst hätte damit übrigens nur die besten Erfahrungen gemacht.

Eigentlich war mir dieser Vorschlag mehr als kindisch vorgekommen – zumal ich nicht einmal wusste, mit wem ich Jan überhaupt eifersüchtig machen sollte. Doch wenn mir das Schicksal nun quasi die perfekte Steilvorlage dafür bot, warum eigentlich nicht?! Und dieser Philipp würde das bei seinem Ego schon locker verkraften, da war ich mir sicher.

Also hielt ich den Hörer zu und erklärte selig lächelnd: »Das ist Philipp, mein Freund!«

»Dein was?« Tobias bekam Augen wie Golfbälle. Seine dunklen Augenbrauen schossen in die Höhe. Meine Mutter legte ihr Marmeladenbrötchen zur Seite. Sie schüttelte ungläubig den Kopf. »Seit wann hast du einen Freund?«

Jan schien meine Ansage am stärksten getroffen zu

haben. Er verschluckte sich an seinem Kaffee, sprang hustend auf und spuckte ihn ins Spülbecken.

Perfekt, das lief ja besser, als ich gedacht hatte, und ja, Jans Reaktion überraschte mich sogar ein wenig.

Innerlich triumphierend nahm ich die Hand von der Sprechmuschel und hielt mir das Handy wieder ans Ohr.

»Entschuldige, Philipp, ich war kurz abgelenkt«, säuselte ich.

»Okay«, erwidert er gedehnt. »Und wovon?«

Ich lachte albern. »Völlig belanglos.«

»Okay«, sagte er noch einmal. »Wenn du es sagst. Aber warum ich eigentlich anrufe, hättest du vielleicht Lust, mit zum Schnorcheln zu kommen?«

Schnorcheln? Musste man dafür nicht mit dem Kopf unter Wasser tauchen? Herrje, alles, wirklich alles, aber bestimmt nicht das.

»Ja, ähm ... super, echt«, hörte ich mich sagen. Die Blicke von meiner Mutter und Tobi (Jan hing noch immer über dem Spülbecken) waren einfach Gold wert – und mit jedem Blick schien ihre Überraschung noch zu wachsen.

»Wow, super.« Philipp klang etwas irritiert. Mein *super* war wohl nicht so glaubwürdig rübergekommen. Aber noch irritierter starrte mich meine Familie vom Tisch an – und das war wirklich super!

Ich schüttelte selbstbewusst meine langen Haare über die Schulter zurück und präsentierte ihnen dabei mein glücklichstes Lächeln.

»Ich muss vormittags arbeiten«, erklärte Philipp unterdessen. »Aber danach hätte ich Zeit. Wenn du mir deine Adresse sagst, dann hole ich dich ab.«

»Abholen?« Verdammt, eigentlich hatte ich nicht ernsthaft vorgehabt, mich mit Philipp zu treffen. Zumindest nicht heute und sofort und hier im Ferienhaus! Und als Allerletztes wollte ich mit ihm schnorcheln.

»Du, Philipp, ich muss jetzt erst mal frühstücken. Ich melde mich gleich noch mal bei dir, okay?«, erklärte ich – in erster Linie, um Zeit zu schinden. Insgeheim beschloss ich, dass ich ihm später eine Nachricht schicken würde, in der ich zutiefst bedauerte, dass ich mich leider nun doch nicht mit ihm verabreden könnte. Nicht heute, nicht morgen und auch nicht an einem anderen Tag. Ich hielt ihn für so scharfsinnig, dass er kapierte, dass ich kein Interesse an ihm hatte, und seine Bemühungen daraufhin einstellte.

Nachdem ich das Telefonat beendet hatte, tänzelte ich beschwingt zum Tisch. Die anderen ließen mich keine Sekunde aus den Augen und auch jetzt, als ich leise vor mich hin summend ein Brötchen aus dem Korb angelte, war ich mir ihrer verwunderten Blicke sehr wohl bewusst.

»Ist was?«, fragte ich unschuldig.

Skeptisch musterte meine Mutter mich. »Seit wann hast du denn einen Freund?«

Jan hatte sich mittlerweile wieder auf seinen Stuhl fallen gelassen. Ich versuchte, seinen Blicken auszuweichen, aber das war zum Glück gar nicht nötig, da er konzentriert sein Käsebrötchen anschaute.

»Was tust du denn so ungläubig?«, fragte ich zurück. »Ich hatte schon mehrere Freunde.«

»Na, na, Flora jetzt übertreibst du aber.«

Sie machte mich zum Gespött aller Anwesenden und bemerkte es nicht einmal. Was hatte ich mir da nur wieder eingebrockt?

Prompt begann Tobias zu wiehern: »Klaro, Flora, bei Facebook hast du ganz, ganz viele Freunde. Da kannst du dich kaum retten.«

In mir zitterte alles vor Zorn. Wieso war es eigentlich für alle Welt eine so massive Unglaublichkeit, dass ich, Flora Carstensen, einen Freund haben könnte? Mein Zorn verflog erst recht nicht, als ich wagte, kurz zu Jan zu schauen, und dabei feststellen musste, dass auch er schmunzelte. Natürlich wegen mir. Weil er mich nicht ernst nahm. Es war zum Verzweifeln!

Ich holte tief Luft, zählte innerlich bis zehn und dann wusste ich, was zu tun war. Entweder ganz oder gar nicht, meine Familie und Jan würden schon sehen. Entschlossen griff ich nach meinem Handy und wählte Philipps Nummer.

Nach zweimaligen Tuten nahm er ab. »Ich hätte darauf gewettet, dass ich nie wieder was von dir höre.«

Ich mimte die Unschuldige. »Quatsch, wie kommst du denn darauf? Ich hab doch gesagt, dass ich gleich zurückrufe.«

»Okay, dann hab ich wohl danebengelegen.«

»So ist es. Also, was ist nun mit heute?«, kam ich auch sofort auf den Punkt. »Hast du Lust, später zu uns ins Ferienhaus zu kommen?« Ich warf meiner Mutter einen fragenden Blick zu und flötete scheinheilig: »Das ist doch okay, Mama, oder?«

Meine Mutter nickte total perplex, während Tobias aus dem Staunen gar nicht mehr herauskam.

»Wie jetzt«, krächzte er. »Dein angeblicher Freund ist auch hier auf Rügen?«

Philipp stimmte freudig zu, und nachdem ich ihm unsere Adresse genannt hatte, beendete ich schnell das Telefonat.

»Nicht angeblich, Bruderherz«, wandte ich mich ihm dann schnippisch zu. »Und ja, Philipp verbringt genau wie wir seine Ferien hier auf der Insel.«

Natürlich war die erste Behauptung eine glatte Lüge und die zweite nichts mehr als eine Vermutung. Er hatte zwar kurz erwähnt, dass er hier auf Rügen zurzeit jobbte, aber das war auch schon so gut wie alles, was ich über ihn wusste.

Nach dem Frühstück wollten Tobias und Jan mit dem Auto nach Binz fahren. Da meine Mutter den Tag auf einer Liege im Garten des Ferienhauses verbringen wollte, willigte sie sofort ein.

Als die beiden kurz darauf mit ihren Badesachen bepackt das Ferienhaus verließen, blieb Jan im Türrahmen stehen und lächelte mich an. »Möchtest du mitkommen, Flo? Ich würde mich freuen.«

Mein Herz machte einen kleinen Hüpfer. Sollte etwa die Eifersuchtstaktik gewirkt haben?! Und wie ich wollte! Nur leider hatte ich mich ja mit Philipp verabredet. Wenn ich jetzt sofort begeistert zustimmte, dann flog meine Flunkerei natürlich auf. Schließlich verabredete man sich nicht erst mit seinem angeblichen Freund und versetzte ihn dann, um mit seinem Bruder und dessen Kumpel schwimmen zu gehen.

»Es geht leider nicht«, erklärte ich bedauernd. »Philipp kommt doch ...«

Jan machte einen Schritt auf mich zu. Als er so direkt vor mir stand, bemerkte ich wieder einmal, wie gut wir in Sachen Körpergröße zueinanderpassten: Meine Stirn reichte genau bis zu seiner Nasenspitze und ich musste nur den Kopf heben, um ihn zu ... Er hob die Hand und tippte mir ganz sacht mit dem Zeigefinger gegen die Nasenspitze. »Schade«, murmelte er und es klang so, als ob es tatsächlich so meinte.

Und ich wäre mal wieder am liebsten mit dem Boden verschmolzen oder einfach von ihm verschluckt worden. Noch gefühlte Minuten später stand ich in der geöffneten Haustür, obwohl der Van längst aus der Einfahrt verschwunden war. Womöglich hatte ich mir gerade die Chance meines Lebens bei Jan durch die Lappen gehen lassen. Und warum? Weil ich auf Sabrina und ihre Eifersuchtstaktik gehört hatte. Dabei wusste ich doch ganz genau, dass Ratschläge von Sabrina – sosehr ich meine Freundin auch mochte – fast immer gehörig danebengingen. Wenn ich allein an ihre Tipps in Sachen vergessene Hausaufgaben zu Beginn unserer Zeit am Gymnasium dachte, wurde ich jetzt noch rot vor Scham. Alle waren in die Hose gegangen. Alle! Gern erinnerte ich mich auch daran zurück, wie sie mir ihre selbst zusammengemischte Zuckerpaste zum Enthaaren der Achseln überreicht hatte. Noch vier Wochen später hatte ich den schlimmsten Ausschlag meines Lebens. Ich bin herumgelaufen wie Arnold Schwarzenegger in seinen besten Zeiten, weil mir so böse die Achseln gebrannt hatten.

Irgendwann sah ich ein, dass es wenig Sinn machte, im Türrahmen Wurzeln zu schlagen. Außerdem war es vielleicht nicht die schlechteste Idee, endlich mal unter die Dusche zu gehen und vor allem andere Klamotten anzuziehen.

Frisch geföhnt, mit einem Hauch von Schminke im Gesicht und in meinem neuen gelben Kleid, das dank des raffinierten Schnittes meine Taille noch schmaler wirken ließ, fühlte ich mich dann auch gleich viel wohler. Zum ersten Mal seit der Philipp-Aktion sah ich das Ganze nicht mehr ausschließlich durch die pessimistische Brille.

Wer weiß, wofür es gut war, dass ich vorhin nicht gleich zehn Meter in die Luft gesprungen war, als Jan mit dem Finger geschnipst hatte – natürlich im übertragenen Sinne.

Wie sagte meine Oma immer so treffend: Willst du gelten, mach dich selten.

»Flora, komm, setz dich doch zu mir«, forderte meine Mutter mich auf, als ich hinaus auf die Holzterrasse trat.

Ich ließ mich in den Liegestuhl direkt neben ihr sinken und hielt mir schützend die Hand vor die Augen. Die Sonne stand schon ganz schön hoch am Himmel und blendete mich.

»Hast du dich eingecremt?«, fragte sie mich.

Ich schüttelte den Kopf. »Nee, vergessen.«

Prompt verzog sie vorwurfsvoll das Gesicht. »Aber

Flora, du weißt doch ganz genau, dass du dir bei deiner hellen Haut sofort einen Sonnenbrand holst.«

Ich stöhnte genervt auf. »Ich hab's halt vergessen. Meine Güte, nun mach doch nicht gleich so ein Drama daraus.« Ich sah mich um und drehte meine dunklen, noch nassen Haare im Nacken zu einem losen Knoten zusammen. »Wo sind überhaupt Tom und Jerry?« Ich konnte die beiden Terrier im Garten nirgendwo entdecken.

Doch meine Mutter ignorierte meinen strategischen Themenwechsel.

»Dann geh gefälligst ins Haus zurück und creme dich ein«, forderte sie mich auf.

»Oh, Mama.« Langsam, aber sicher platzte mir der Kragen. »Behandel mich doch nicht ständig wie ein Kleinkind. Das nervt. Ich bin 17 und keine sieben. Aber anscheinend will das niemand von euch kapieren.«

Sie sah mich nachdenklich an. »Na ja, Flora, wer so darauf pocht, erwachsen zu sein, der ist es vielleicht noch nicht.«

Empört schnappte ich nach Luft. Doch es sollte noch viel besser kommen. Sie sah mich mit einem ernsten Gesichtsausdruck an und fragte: »Dieser dubiose Philipp, der ist doch nicht in Wirklichkeit dein Freund, oder?« Ich versuchte, mir nichts anmerken zu lassen, befürchtete jedoch das Schlimmste: Sie hatte mich durchschaut. Aber zugeben würde ich das deshalb noch lange nicht.

»Ja klar doch, ich hab mir das alles nur ausgedacht«, regte ich mich auf. »Sag mal, für wie bekloppt hältst du mich eigentlich?«

Sie verzog den Mund. »Ach Flora, du hast schon ganz

andere Einfälle gehabt, wenn du dir davon etwas erhofft hast.«

»Wie bitte?« Das war ja wohl die mieseste Unterstellung ever. »Und was bitte schön sollte ich mir deiner Meinung nach davon erhoffen, wenn ich einen Freund erfinde, hä?«

Meine Mutter hob die Schultern. »Ich weiß es nicht, aber du musst doch wohl zugeben, dass es ziemlich sonderbar ist, dass du diesen Philipp bisher nicht mit einer einzigen Silbe erwähnt hast und plötzlich – quasi wie aus dem Nichts –, präsentierst du ihn uns als deinen Freund.«

Ich hatte wirklich vor, das Ganze aufzuklären und aus meinem Freund Philipp nur *einen* Freund zu machen. Einen guten Kumpel, mehr nicht. Aber was zu viel war, das war echt zu viel.

Ich holte tief Luft – atme, Flora, ein und aus, atme. »Vielleicht liegt das ja auch daran, Mama, dass ich mit dir über so etwas nicht sprechen möchte.«

Getroffen zuckte sie zusammen. »Aber Flora, warum sagst du denn so etwas? Ich dachte, du würdest mir so etwas gerne erzählen wollen, wenn es so weit ist?«

Ich ging zum finalen Hieb über. Meine Stimme klang dabei extrem freundlich. »Weißt du, Mama, das ist leider schwer möglich, wenn du der Meinung bist, ich erfinde einen Freund und lasse mir auch sonst jeden Schwachsinn einfallen, nur um an mein Ziel zu kommen. Welches das auch immer sein sollte.«

»Nun lass uns doch nicht streiten«, versuchte sie nun plötzlich einzulenken und legte mir versöhnlich die

Hand auf den Unterarm. »Das Wetter ist viel zu schön, wir haben Ferien und ...« Mitten im Satz stockte sie und sah mit großen Augen an mir vorbei.

Ich vernahm eine männliche Stimme. »Entschuldigung, dass ich hier einfach so in den Garten marschiert komme, aber ich habe ein paar Mal geklingelt.«

Ich riss meinen Kopf herum. Philipp. War ja klar, bei meinem Pech. Was wollte der denn schon hier?

»Kein Problem ... äh ...«, hauchte meine Mutter – sie war baff, und zwar auf ganzer Linie. Sie warf mir einen entschuldigenden Blick zu und zwang sich zu einem Lächeln für unseren unverhofften Gast.

Am liebsten hätte ich: Ätsch, wer hat hier nun seinen Freund erfunden, hä?, gerufen. Doch dann wurden mir augenblicklich die beiden Haken an der Sache bewusst. »Ätsch« war mehr als kindisch und Philipp nicht mein Freund. Genauer gesagt waren es sogar drei Haken: Denn nun musste ich vor meiner Mutter so tun, als sei ich total verliebt in Philipp.

»Und das ist also dein F...«

»Philipp!«, rief ich, bevor sie weitersprechen und sich gegenüber Philipp verplappern konnte.

Er wartete sichtbar gespannt darauf, was ich ihm noch so zu sagen hatte, jedenfalls lag auf seinem Gesicht dieses verschmitzte Lächeln, das ich schon von gestern kannte.

»Da bist du ja schon!«, rief ich übertrieben fröhlich.

»Ja, da bin ich!«, rief er ebenso übertrieben fröhlich zurück und grinste mich dabei selbstsicher an.

»Möchtest du mir deinen Freund nicht vorstellen?«, fragte meine Mutter.

Philipp starrte verblüfft von mir zu ihr und wieder zurück. Das Grinsen blieb, wo es war, aber es war deutlich das große Fragezeichen in seinem Blick zu erkennen. Er hatte keinen blassen Schimmer, in welchen Film er geraten war. Aber bevor er nur ein Wort darüber herausbringen konnte, dass es sich hier um einen Irrtum handelte, weil er ganz bestimmt nicht mein Freund sei, sprang ich von der Liege auf, lief hoffentlich wahnsinnig verliebt auf ihn zu, legte meine Hände auf seine Schultern und wollte ihm einen schnellen Kuss auf die Wange hauchen.

Doch Philipp drehte blitzschnell den Kopf zur Seite, sodass meine Lippen auf seinen landeten. Ich gab mir die größte Mühe, mir nicht anmerken zu lassen, wie überrumpelt ich war, und vor allem, um ihn nicht empört von mir zu stoßen. Philipp übertrieb eindeutig. Er schlang seine Arme um mich, zog mich eng an sich heran und küsste mich mit so einer Intensität, dass mir die Luft wegblieb. Ich versuchte, mich von ihm zu lösen, ohne dass meine Mutter, die uns garantiert beobachtete, mitbekam, dass ich mit dieser Leidenschaft gerade völlig überfordert war. Was fiel diesem Kerl eigentlich ein?! Am Gartentor hinter uns gab es jetzt einen kleineren Tumult.

Ich hörte Tobis Stimme. »Was geht denn hier ab?«

Entschlossen schob ich Philipp hoffentlich noch immer wahnsinnig verliebt von mir und schielte nach links, wo mein Bruder und Jan standen und uns mit einer Mischung aus Verblüffung und in Tobis Fall eindeutigem Missfallen anstarrten.

Doch nicht nur die beiden waren erstaunt, auch ich starrte Philipp mit weit aufgerissenen Augen an. Ich war ihm eine Erklärung schuldig – eindeutig –, aber er mir auch. »Ja ... Philipp ... Mensch, das war ja ein toller ... ähm ... Kuss.«

Er nickte und streichelte mir betont zärtlich die Wange. »Du sagst es, Schatzi, ein wirklich toller Kuss.«

Meine Mutter hatte sich inzwischen von ihrer Liege erhoben und war neben uns getreten. Sie war eindeutig verwirrt, aber bemüht, dies nicht zu zeigen.

»Ich bin übrigens Ulla Carstensen, Floras Mutter.« Sie reichte Philipp die Hand.

Lächelnd gab er ihr seine. »Philipp. Bitte entschuldigen Sie nochmals, dass ich hier einfach so hereingeplatzt bin.«

Sie winkte großzügig ab. »Kein Problem ...«

Plötzlich waren Tom und Jerry wieder da, sie sprangen um uns herum und führten sich auf wie immer: völlig durchgeknallt.

Und noch jemand rückte uns ganz eng auf die Pelle. »Hi, ich bin Tobias, Floras Bruder. Und du bist dann wohl der Freund meiner kleinen Schwester?!« Er musterte Philipp wie einen Schwerverbrecher und begann jetzt auch noch, ihn mit Fragen zu löchern. »Du machst also auch gerade Urlaub auf Rügen? Ist das Zufall oder war das mit Flora abgesprochen? Seit wann seid ihr eigentlich zusammen? Wo habt ihr euch kennengelernt?«

Mein Bruder war eindeutig nicht ganz bei Trost, aber bevor ich ihm genau das verklickern konnte, räusperte sich Phillip. »Ganz schön viele Fragen auf einmal.«

»Die du mir wohl nicht beantworten möchtest und da frag ich mich doch glatt, warum?«

»Sag mal, Tobias, geht es noch?«, blaffte ich ihn ärgerlich an. Mein Bruder hatte eindeutig den Schuss nicht gehört.

Zum Glück schien das auch meiner Mutter aufgefallen zu sein, denn sie legte ihm die Hand auf den Unterarm und meinte: »Nun lass doch bitte Floras Freund in Ruhe, Tobi.«

»Genau!«, rief ich und lächelte sie dankbar an. Unauffällig schielte ich zu Jan rüber. Er stand einfach nur mit verschränkten Armen da und tat ansonsten gar nichts.

Mist. Irgendwie lief das hier gerade total verkehrt. Eigentlich sollte doch Jan derjenige sein, der vor Eifersucht im Karree sprang, und nicht mein Bruder. Und eigentlich sollte ich mich doch überlegen und selbstsicher fühlen, oder? Stattdessen fühlte ich mich mies. Mit dieser Eifersuchtstaktik lief irgendwas gehörig schief – und trotzdem: Ich steckte mittendrin. Und es gab nur einen Weg, wenn ich nicht als kindische Lügnerin dastehen wollte: nach vorn.

Meine Mutter klatschte in die Hände und lachte dabei betont heiter. »Nun setzt euch doch erst mal alle hin.« Nachdem wir alle Platz genommen hatten und Jan, Philipp und Tobi sich weiterhin über den Gartentisch finster beäugten, verkündete sie, sie würde jetzt erst mal etwas Kühles zu trinken aus der Küche holen. Was sie sich davon erhoffte, würde immer ihr Geheimnis bleiben – womöglich um unsere aufgeheizten Gemüter wieder auf Normaltemperatur zu bringen? –, aber ich kam ihr zuvor.

»Nee, bleib du mal sitzen, Mama. Ich gehe schon.« Lächelnd wandte ich mich an Philipp. »Bist du wohl so lieb und hilfst mir beim Tragen?«

»Sehr gern«, erwiderte Philipp und zeigte mir dabei seine strahlend weißen Zähne.

Kaum waren wir im Haus verschwunden, da prustete Philipp los. »So was ist mir echt noch nie passiert!«

Ich wagte kaum, ihn anzusehen. Vorhin war ich quasi von meiner eigenen spontanen Aktion überrumpelt worden. Doch mit etwas Abstand betrachtet war das einfach alles nur richtig peinlich. Ich schämte mich unglaublich für diese kindische Sache, in die ich Philipp ohne Vorwarnung mit reingezogen hatte.

Ich kaute auf der Unterlippe herum. »Es tut mir total leid. Wirklich. Ich weiß auch nicht, was mich da eben geritten hat. Meine Mutter hat mich total genervt, weil sie mich ständig wie ein kleines Kind behandelt. Wie mein Bruder drauf ist, hast du ja eben selbst miterlebt.« Ich stockte, holte tief Luft und strich mir dabei eine Haarsträhne aus dem Gesicht. »Die wollen einfach nicht begreifen, dass ich erwachsen bin, und na ja, dann hast du angerufen und da habe ich dann halt behauptet, du wärst mein Freund. Allerdings wollte ich dich eigentlich nicht küssen. Zumindest nicht richtig«, stellte ich sicherheitshalber noch klar.

Erneut lachte Philipp auf und ich kam mir von Sekunde zu Sekunde bescheuerter vor. So kindisch und dämlich wie nie.

»Ich weiß, das ist das genaue Gegenteil von erwachsen, und ich werde da jetzt auch sofort rausgehen und die ganze Sache aufklären. Völlig egal, ob ich mich damit zum Gespött meiner kompletten Familie mache ...«

Philipp hatte aufgehört zu lachen und berührte vorsichtig meine Hand. »Halt mal, halt. Du willst denen alles erzählen?! Was meinst du, was du dir dann anhören musst? Nee, nee.« Er schüttelte den Kopf. »Also, ich fand's ziemlich lässig und meinetwegen musst du das Ganze bestimmt nicht gleich wieder aufklären.«

»Wie-wie meinst du das?«, fragte ich.

Er antwortete nicht – zumindest nicht mit Worten, denn in diesem Moment kam meine Mutter durch die Terrassentür geschlendert.

Schwungvoll zog er mich in seine Arme und presste seinen Mund auf meinen. Ich war erneut so perplex, dass ich es sogar zuließ, dass seine Zunge sich in meinen Mund vorkämpfte. Dieser Kuss war bestimmt der leidenschaftlichste, den ich in meinem Leben je bekommen hatte – oh ja, küssen konnte Philipp, das musste man ihm lassen. Nur leider war er nicht derjenige, den ich eigentlich küssen wollte!

Aus dem Augenwinkel bekam ich mit, dass meine Mutter mit irgendetwas in der Hand das Haus wieder verließ, und wollte mich von Philipp lösen. Doch der machte einfach weiter.

»Wir können aufhömppf...«, versuchte ich, ihm klarzumachen.

Philipp war anderer Meinung und legte sich noch mehr ins Zeug.

Ich klopfte ihm erst sacht, dann aber etwas nachdrücklicher auf die Schultern. »Philippgrumpf...«

Endlich schien er es zu kapieren und gab meinen Mund frei.

Atemlos schnappte ich nach Luft. »Äh ... was – ähm ... sollte das denn?«

»Ich wollte halt unbedingt, dass es echt wirkt.« Philipp grinste mich unschuldig an. »Also das mit uns und so. Aber ich schätze, deine Mutter haben wir eindeutig überzeugt.«

Ich sah ihn skeptisch an. »Aber dir ist schon klar, dass es nicht echt zwischen uns ist, oder?«

Er grinste immer noch unschuldig.

Innerlich verfluchte ich Sabrina und noch mehr mich selbst, beschloss dann aber, das Ganze zumindest vor meinem angeblichen Freund augenblicklich klarzustellen, bevor es noch komplizierter wurde.

Ich schob ihn noch ein wenig von mir. »Du, ähm ... Philipp, es ist so, ich finde dich wirklich nett. Also, soweit ich das beurteilen kann. Aber wir kennen uns ja quasi überhaupt nicht und ... es gibt auch noch einen anderen Grund, warum ich behauptet habe, du ... äh ... wärst mein Freund. Es ist nämlich so, dass ich ...« Ich stockte und kam mir von Sekunde zu Sekunde bescheuerter vor.

»Dass du?«, forderte Philipp mich auf weiterzureden.

Ich holte tief Luft. »Ich stehe auf Jan. Ich bin total in ihn verknallt.«

Er schaute mich fragend an.

Ich zeigte mit dem Daumen über meine Schulter und schaute zu meinen Füßen. »Da draußen, Jan, der große Blonde. Seinetwegen habe ich die ganze Aktion mit dir veranstaltet, nicht wegen meiner Mutter oder so. Ich wollte ihn eifersüchtig machen und ...«

»Du wolltest was?«

Erschrocken fuhr ich herum und blickte direkt in Jans blaue Augen.

5

Das darfst du jetzt auf gar keinen Fall tun, Flora«, redete Sabrina kurz darauf beschwörend auf mich ein. Ihre Stimme klang selbst durchs Handy extrem zuversichtlich. Im Gegensatz zu mir konnte sie meinem unfreiwilligen Geständnis nämlich sehr wohl etwas Positives abgewinnen.

Ich hatte gerade verkündet, dass ich mich die restlichen neunzehneinhalb Tage auf Rügen irgendwo am Strand verstecken würde, an einem Ort, an dem ich meine Ruhe hätte und vor allem niemand an meine Tür klopfen konnte.

»Du hast gut reden«, jammerte ich. »Du hast ja auch nicht gesehen, wie Jan mich angestarrt hat. Als ob er eine Psychopathin vor sich hätte, die gerade aus der Geschlossenen ausgebrochen ist, mit dem Ziel, ihm das Leben zur Hölle zu machen.«

»Ach was, du übertreibst bestimmt«, behauptete sie. »Er war sicher einfach nur total überrascht und deshalb hat er etwas sparsam geguckt. Aber wenn er das Ganze erst mal hat sacken lassen, dann wird er bestimmt kapieren, was für ein Glückspilz er ist. Er wird erkennen, dass du mit Abstand das Beste bist, was ihm passieren kann.«

So ungefähr an die tausend Mal hatte ich mir gewünscht, dass etwas von Sabrinas Grundoptimismus auf mich abfärben würde. Meistens erfolglos. So wie auch jetzt.

»Vergiss es!«, jammerte ich. »Der hat mich angeguckt, als wäre ich das Krankste und Kindischste, was ihm passieren kann. Ich kann froh sein, wenn er dichthält und das nicht gleich auch noch Tobi und meiner Mutter brühwarm weitererzählt.«

Ich hörte, wie Sabrina tief Luft holte, und ahnte, was nun folgen würde: bestimmt eine ihrer leider nicht sehr lebenserprobten Lebensweisheiten.

»Was man aus Liebe tut, ist niemals lächerlich, Flora!«

Obwohl mir bestimmt nicht danach war, lachte ich leise auf. Ich konnte meine Freundin nämlich direkt vor mir sehen. Wie sie die Arme weit zur Seite ausstreckte, den Brustkorb hob, das Kinn ein wenig einzog und dann ihr theatralischer Gesichtsausdruck. Ja, meine beste Freundin eignete sich eindeutig für die große Bühne. Aber bestimmt nicht als Ratgeberin in Liebesdingen. Es sei denn, man wollte zur Witzfigur der Nation werden.

Außerdem war sie die Meisterin des abrupten Themenwechsels. »Und dieser Philipp, erzähl mal, sieht er wenigstes gut aus?«

»Ja, total!«, antwortete ich automatisch, schob dann aber entgeistert hinterher: »Aber das ist doch jetzt wohl völlig egal.«

Sabrina gab einen sonderbaren Laut von sich. »Och, dafür, dass er dir völlig egal ist, hast du mir aber eben sehr detailliert beschrieben, wie er dich geküsst hat. Und seinen geknickten Abgang hast du auch sehr anschaulich geschildert.«

Empört schnaufte ich in den Hörer. »Ja, natürlich! Weil ich dir vielleicht klarmachen wollte, dass er das Ganze scheinbar längst nicht so locker gesehen hat wie ich?! Oder anders, er hat die Situation schamlos ausgenutzt!«

Daraufhin wusste meine Freundin wohl nichts zu erwidern. Zumindest nicht augenblicklich.

Doch dann wurde sie noch absurder. »Ich sag nur, Plan B, Flora!«

»Wie bitte?«

Sie lachte. »Es ist immer gut, einen Plan B zu haben.«

»Ich verstehe nur Bahnhof«, gab ich ehrlich zu.

Erneut lachte Sabrina hell auf. »Sollte Jan seine Chance wider Erwarten nicht ergreifen, dann bleibt dir immer noch dieser Philipp, der ziemlich gut aussieht und dazu wohl auch noch verdammt gut küssen kann. Das meine ich mit Plan B.«

»Sabrina, ganz ehrlich, du bist total bescheuert«, stellte ich fest. Bestimmt nicht bösartig und erst recht nicht zum ersten Mal.

»Kann sein, Schatzi.« Ich hörte, wie sie mit der Zunge schnalzte. »Aber doch auch irgendwie genial, oder?!«

Ich schnaubte und antwortete nicht. Doch das spielte eh keine Rolle, denn Sabrina war längst damit beschäftigt, weitere Pläne für mich zu schmieden. »Du wartest heute noch ab, und wenn ...«

Den Rest ihres bestimmt komplett abwegigen Ratschlags bekam ich nicht mehr mit, denn jemand klopfte an meine Zimmertür. Bevor ich etwas sagen konnte, schob sich die Tür auf und Jan erschien auf der Bildfläche.

Automatisch drückte ich Sabrina weg und ließ das Handy von meinem Ohr aufs Bett sinken.

Jan fuhr sich mit der Hand durchs Haar und stand immer noch in der schmalen Zimmertür. Als ich ihn dort sah, fiel mir auf, wie unfassbar gut er doch aussah. Wie ein kalifornischer Surferboy am Huntington Beach, der auf die perfekte Welle wartete. Oh ja, ich konnte mir Jan sehr gut im fernen Kalifornien vorstellen, Wellen peitschten gegen den Pier, die aufgehende Sonne tauchte das Licht in ein diffuses Rosa, athletische Typen liefen mit Surfbrettern unterm Arm über den Strand. Unter ihnen war der blonde, braun gebrannte Jan, ein Augenschmaus selbst für die verwöhnten kalifornischen Girls.

Und da bildete ich mir tatsächlich ein, dass ich bei so einem wie Jan Chancen hätte? Ich, die kleine, ziemlich chaotische Flora, das Flöhchen. Never ever! Oder doch?

Schließlich lächelte er mich nun leicht verlegen an. »Darf ich?«, erkundigte er sich mit belegter Stimme.

Ich nickte, während mein Herz sich fast überschlug. Ich wollte ihn ansehen, in seinem Gesicht lesen, gleichzeitig wagte ich nicht, ihm länger als eine Millisekunde in die Augen zu schauen, weil ich sofort knallrot wurde. Meine Handflächen klemmte ich unter meine Oberschenkel, sie waren heiß und feucht. Ich wolle nur noch, dass er verschwand, wollte aber gleichzeitig, dass er blieb.

Jan deutete mit dem Kopf auf das schmale Bett, das die einzige Sitzgelegenheit in diesem Zimmer bot. »Darf ich mich zu dir setzen?«

Erneut nickte ich. Mein Kopf war immer noch leer, mein Herz klopfte so laut, dass es unmöglich war, dass Jan es nicht hörte.

Mit einem leisen Seufzen ließ er sich neben mich sinken.

»Tja«, sagte er nur und sah dabei auf seine Hände, die er vor sich verschränkt hielt. Mehr nicht.

Eine Weile lang saßen wir beide so da und hingen jeder seinen Gedanken nach. Wobei man in meinem Fall nicht mehr von Gedanken sprechen konnte, eher von einem heftigen Schmetterlingsstrudel im Kopf.

»Schon komisch«, meinte er schließlich und räusperte sich.

Ich nahm an, er meinte damit meine Gefühle für ihn, und nickte.

»Und du bist dir ganz sicher?«, fragte er nach einer weiteren Weile.

Ich konnte ihn nicht ansehen, ich brachte es einfach nicht fertig. Ich starrte auf meine ineinander verschlungenen Finger und nickte. »Ja, bin ich ...«

Jan seufzte erneut, noch tiefer, und wenn mich nicht alles täuschte, auch ein wenig verzweifelt. Oder wehmütig?

»So schlimm?«, wisperte ich und mein Magen zog sich schmerzhaft zusammen.

Zugegeben, ich hatte bisher noch nicht allzu viel Erfahrungen in Liebesdingen. Hier und da eine kleine Schwärmerei für einen Klassenkameraden. Ein bisschen herumgeknuscht bei Schulpartys, auf der letzten Studienfahrt. Aber nichts dabei, das mein Herz erreicht hatte. Kein Typ in Sicht, der mich ernsthaft interessierte. Vor knapp einem Jahr dann die Sache mit Luca, dem besten Kumpel von Sabrinas Tristan, mit dem sie schon seit der zehnten Klasse zusammen war. Doch nach dem ersten Alleinsein mit ihm in seinem Zimmer, einer ziemlich wilden Knutscherei und seiner Hand, die ich kaum noch davon abhalten konnte, mich überall anzugrapschen, war mir dann doch klar geworden, dass ich mich eher in die Vorstellung verliebt hatte, dass aus Tristan und Sabrina und Luca und mir ein tolles Pärchen-Duo werden könnte. Aber bestimmt kein Duo in love aus Luca und mir.

Jans Körperhaltung, der Klang seiner Stimme, das betrübte Seufzen – daran war absolut nichts falsch zu deuten. Begeistert sah wahrhaftig anders aus.

Er fuhr sich mit der linken Hand durch die Haare und seufzte gequält. »Flora, du-du, also, ich mag dich wirklich sehr«, sagte er leise. »Und du bist wahnsinnig lieb und witzig und hübsch.«

Wenn das Aber nicht so deutlich herauszuhören gewesen wäre, dann hätte ich jetzt einen Luftsprung gemacht und wäre ihm anschließend überglücklich in die Arme gesunken. Aber ...

»Aber wir kennen uns nun schon eine halbe Ewigkeit und du bist die kleine Schwester meines besten Kumpels und somit absolut tabu!«

Rums! Das klang endgültig. ABSOLUT! TABU!

Dennoch wollte ich etwas erwidern, ihm klarmachen, doch er ließ mich nicht zu Wort kommen.

»Egal, was du jetzt sagst, Flora. Auch völlig egal, was ich vielleicht für dich empfinde, es geht nicht und wird auch niemals gehen. Bitte akzeptier das.«

Natürlich hatte ich seine Worte verstanden, aber wirklich gehört hatte ich nur eins.

»Du empfindest ... vielleicht etwas für mich?«, wisperte ich hoffungsvoll.

Jan lächelte mich so lieb an, dass mein Herz einen kleinen Tusch trommelte. »Natürlich empfinde ich etwas für dich.« Er hob den Kopf und schaute mir tief in die Augen. Sein Blick war wie immer so lebendig und funkelnd, als würde er tief in mich hineinblicken und etwas in mir erkennen. Ein echter Gänsehautblick eben, der mir durch und durch ging und mich auf direktem Weg auf Wolke sieben katapultierte.

Und dann, einfach so, gerade als ich das Gefühl hatte, vor lauter Glück platzen zu müssen, weil er gleich ganz sicher doch noch die erhofften Worte sagen würde, fügte er hinzu: »Eben so, wie ein großer Bruder für seine kleine Schwester empfindet.« Im direkten Fall knallte ich auf den steinharten Boden der Realität zurück.

»Wie deine kleine ... Schwester ...?«, krächzte ich.

Jan nickte, sah nun aber wieder auf seine Hände. »Tut mir leid, Flora, aber ganz genauso ist es und wird es auch immer sein.« Schnell erhob er sich vom Bett und ging die eineinhalb Schritte bis zur Tür.

Im Rahmen drehte er sich noch einmal zu mir um. »Ich glaube, es wäre besser, wenn Tobi und Ulla davon nichts erfahren würden, oder?«

Ich konnte ihn nicht ansehen, nur schwach nicken. *Eben so, wie ein großer Bruder für seine kleine Schwester empfindet.* Dann fiel die Tür ins Schloss und ich sackte zur Seite. *Eben so, wie ein großer Bruder* ... Ich rollte mich zusammen, während seine Worte in meinen Ohren nachhallten, mein ganzes Denken in Beschlag nahmen, sich wie ein Eisenring um meinen Magen legten ... *für seine kleine Schwester empfindet.*

Ein leises Klopfen an der Tür ließ mich aufschrecken. Wie lange hatte ich so dagelegen? Stöhnend setzte ich mich auf und versuchte, notdürftig mit den Händen die Spuren meiner Tränen zu beseitigen. »Ja?«

Meine Mutter steckte den Kopf zur Tür herein. Sie lächelte besorgt. Ihre Stimme klang fast ein wenig schüchtern, als sie sich neben mich auf die Bettkante setzte. »Das mit Philipp tut mir schrecklich leid. Jan hat uns erzählt, dass ihr euch wohl schlimm gestritten hättet und er dann einfach abgehauen ist.«

Ich schluckte schwer. Tränen stiegen mir in die Augen. Wie gerne hätte ich mich in ihre Arme geworfen und ihr die Wahrheit gesagt. Ich fühlte mich schrecklich, schrecklich allein.

Meine Mutter legte mir behutsam die Hand auf den Arm. »Woher kennst du ihn überhaupt, Flora, und warum ist er hier auf Rügen? Wenn ich ehrlich bin, dann ist mir das Ganze ein großes Rätsel. Möchtest du mir nicht ein wenig mehr erzählen?«

Jans Abfuhr verursachte einen derart lähmenden Schmerz in mir, dass ich keine Antworten hatte, nur Fragen. Schrecklich viele Fragen. Und alle drehten sich um Jan, auch wenn meine Mutter annahm, ich war wegen Philipp so am Boden.

»Warum sind Jungs so doof und die Liebe so kompliziert?«, wisperte ich.

Meine Mutter seufzte tief. »Ach Flora, Schatz«, sie zog mich in ihre Arme, streichelte meinen Kopf, »warum ist die Liebe kompliziert? Vielleicht, weil die Menschen so verschieden sind. Weil es ein Wunder ist, wenn zwei zur selben Zeit das Gleiche füreinander empfinden. Weil die Liebe ihren eigen Willen hat, sie kommt und geht, wie es ihr gefällt. Plötzlich hat man für jemand Gefühle, weiß nicht, warum, weiß nicht, woher. Ich schätze, die Liebe ist so kompliziert, weil wir keinen Einfluss darauf haben.« Sie machte eine kleine Pause, in der sie tief durchatmete, bevor sie erklärte: »Die Liebe ist das stärkste Gefühl, das man haben kann, und das macht uns so verletzlich, denn es kann uns zum Fliegen bringen, aber eben auch ganz schmerzlich abstürzen lassen.«

Ich schaute sie aus großen Augen an und flüsterte mit tränenerstickter Stimme: »Ich bin gerade abgestürzt … ganz schrecklich …«

Meine Mutter tupfte mir mit dem Zeigefinger eine Träne von der Wange. »Ach Schatz«, sagte sie mitleidig. Doch dann richtete sie sich entschlossen auf und erklärte: »Ich kenne aber ein wunderbares Allheilmittel gegen Liebeskummer.«

»Und das wäre?«, wisperte ich skeptisch.

»Eis! Am besten eine große Portion Vanilleeis mit heißer Himbeersoße. Du wirst sehen, das hilft über den ersten Schmerz hinweg.« Sie lächelte mich zuversichtlich an und zog dann die Tür hinter sich zu.

Ich verspürte nicht den geringsten Appetit auf Eis und Himbeersoße. Momentan war ich mir sogar sicher, nie wieder auf irgendetwas Appetit zu haben. Alles in mir fühlte sich wie abgestorben an.

Außerdem fragte ich mich, wie ich Jan nach dieser Abfuhr jemals wieder gegenübertreten sollte. Und das auch noch unter den misstrauischen Augen meiner Mutter und meines Bruders. Die würden doch sofort kapieren, was Sache war. Im Grunde genommen gab es nur einen Ausweg. Ich musste hier weg – und zwar sofort!

Ich fand meine Mutter in der Küche, wo sie gerade damit beschäftigt war, Tom und Jerry davon abzuhalten, an ihr hochzuspringen, und gleichzeitig ein Tablett beladen mit vier Eisschüsseln unfallfrei hinaus auf die Terrasse zu tragen.

»Ach Flora, das passt ja«, rief sie atemlos. »Die Jungs haben auch Appetit auf Eis. Bist du so lieb und trägst das Tablett hinaus auf die Terrasse?«

Ich war mir nicht sicher, ob sie mit »die Jungs« die beiden Terrier meinte oder Jan und Tobias. Wobei ich mir wiederum sehr sicher war, dass sie ihren Hunden keine Porzellanschüsseln vorsetzte und somit mir die Frage dann auch gleich selbst beantwortet hatte.

»Ich hab es mir anders überlegt«, antwortete ich und verschränkte die Arme vor der Brust.

Die Augenbrauen meiner Mutter schnellten überrascht in die Höhe. »Möchtest du nun doch kein Eis?«

Ich schüttelte heftig den Kopf. »Nein, ich meine, ja. Also eigentlich rede ich auch nicht von dem Eis, sondern diesem Urlaub. Ich möchte gern zurück nach Hause fahren.«

Meiner Mutter entglitten sämtliche Gesichtszüge. »Das ist jetzt aber nicht dein Ernst?«

»Doch, sogar mein voller Ernst.« Ich biss mir auf die Unterlippe. »Es gefällt mir hier einfach nicht ...«

Meine Mutter stellte das Tablett so energisch auf der Arbeitsplatte ab, dass die Schüsseln darauf laut klirrend aneinanderschlugen.

»Flora, nein, das geht wirklich zu weit.« Sie bückte sich nach Tom und Jerry, klemmte sie sich entschlossen jeweils unter einen Arm und trug sie zur Terrassentür. »Lasst mich jetzt mal fünf Minuten in Ruhe, ihr Nervensägen«, blaffte sie die beiden an und schloss dann die Tür vor ihren Hundenasen. Danach kam sie zu mir zurück und legte mir die Hände auf die Schultern. »Jetzt noch mal ganz von vorne und in aller Ruhe: Du willst wegen diesem Philipp nach Hause fahren, und wenn ich es richtig verstanden habe, dann am besten sofort?«

Ich nickte. Zumindest entsprach der zweite Teil davon der Wahrheit. Wobei ich nicht die geringste Lust verspürte, auch Philipp jemals wieder zu begegnen. Er hielt mich wahrscheinlich seit vorhin eh nur für völlig bescheuert. Ich mich ja auch – aber mir fehlte einfach jede

Kraft, diese ganze Sache jetzt und hier klarzustellen. Ich hoffte einfach nur, dass der Urlaub bald vorbei wäre und ich weder Jan noch Philipp je wieder unter die Augen treten müsste.

Seufzend schüttelte meine Mutter den Kopf. »Und wie stellst du dir das vor? Ich meine, denkst du, ich fahre dich nach Hause?«

»Nein, das erwarte ich bestimmt nicht, Mama. Aber vielleicht kannst du mich ja nach Stralsund zum Bahnhof bringen. Ich hab schon im Internet nachgesehen, von dort aus könnte ich nach Berlin fahren und dann weiter nach Göttingen.«

Meine Mutter wurde blass und sie ließ mich los. »Du meinst das wirklich ernst.«

Ich hob die Schultern. »Ja, ich will hier weg.«

Meine Mutter stemmte die Hände in die Hüften und begann, im Raum auf und ab zu gehen.

Schließlich blieb sie direkt vor mir stehen, atmete tief durch und sagte dann mit gefasster Stimme: »Okay, ich mache dir einen Vorschlag. Papa kommt übers Wochenende zu uns nach Rügen. Wenn du dann immer noch der Meinung bist, unbedingt nach Hause fahren zu müssen, kann er dich am Sonntagabend oder am Montagmorgen, ich weiß noch nicht genau, wann er zurückmuss, mitnehmen.«

»Aber das ist ja noch ewig hin!«, beschwerte ich mich. »Ich will nicht noch so lange hierbleiben. Warum kann ich denn nicht mit dem Zug fahren?«

»Ganz einfach, Flora, weil es immer falsch ist, vor seinen Problemen wegzulaufen, anstatt sich ihnen zu stellen. So, und nun möchte ich nichts mehr davon hören.«

Sie wandte sich zur Arbeitsplatte, nahm das Tablett in beide Hände und marschierte damit zur Terrassentür. »Was ist jetzt mit deinem Eis?«, fragte sie mich.

»Nein, danke«, sagte ich leise und drehte mich um.

Erst wollte ich zurück in mein Zimmer gehen, mich aufs Bett schmeißen und ins Kopfkissen heulen. Meine Hand lag schon auf der Türklinke, da überlegte ich es mir anders. Ich musste hier weg – von Jan und den mitleidigen Blicken meiner Mutter und auch den Sprüchen meines Bruders, die er sich womöglich nicht verkneifen können würde. Ich öffnete, ohne mich noch einmal umzudrehen, die Haustür und lief hinunter zum Strand. Unterhalb des Küstenwaldes, geschützt von hohen Bäumen und dennoch so nah am Meer, dass ich es sah und roch und rauschen hörte, fand ich eine sandige Stelle, auf der ich mich niederließ. Ich spürte die Sonne auf meiner Haut und den leichten Wind in meinen Haaren, ich schaute in die unendliche Weite, das große Blau, und plötzlich wusste ich: Vor mir liegt ein Ozean an Möglichkeiten. Alles geht, und zwar mehr, als ich mir im Moment vielleicht vorstellen konnte. Nichts war verloren.

Ich blickte aufs Meer hinaus und wurde immer ruhiger. Vielleicht war das kitschig, bestimmt, aber während ich dort hockte, entdeckte ich plötzlich das Meer in mir. Die Ruhe, die Kraft, den Willen und ja, auch die Zuversicht. Irgendwie würde es schon weitergehen. Auch mit gebrochenem Herzen. Irgendwie ...

6

Am nächsten Abend war ich wieder am Meer, nur diesmal an einer anderen Stelle, aber noch immer mit gebrochenem Herzen.

Die Wellen plätscherten leise an den feinen Sandstrand, der Mond hing schwer über den Hügeln der Granitz und aus dem Kurhaus drang leise Musik. Es war ein romantischer Song. Gesungen von einer irischen Sängerin, deren Namen ich schon längst wieder vergessen hatte. Sie tourte zurzeit durch Deutschland und gab einige Konzerte hier auf der Insel.

Meine Mutter war der Meinung gewesen, dass mich das Konzert und ein bisschen Musik auf andere Gedanken bringen würden, jetzt, wo feststand, dass ich tatsächlich bis mindestens Sonntagabend auf Rügen ausharren musste. Unter einem Dach mit Jan. Zimmerwand an Zimmerwand. Am selben Frühstückstisch sitzend, dasselbe Bad benutzend. Seine Blicke, seine Stimme, sein Duft, ganz nah und doch unerreichbar.

Ich hatte nicht damit gerechnet, dass seine Zurückweisung mir so wehtun könnte – wenn ich ehrlich war, dann hatte ich nicht mal geahnt, dass mir irgendetwas so wehtun könnte.

Jan hingegen benahm sich wie immer: locker, fröhlich, bestens gelaunt, alles easy und wunderbar. Er zog die perfekte Show ab, hatte es sogar fertiggebracht, mich heute Morgen zu fragen, ob ich Lust hätte, ihn und Tobias zum Thiessower Haken zu begleiten, wo sich laut der Tourismuszentrale eines der besten Surfreviere der Insel befand.

Natürlich hatte ich abgelehnt und mich stattdessen mit dem Mystery-Thriller von einem meiner Lieblingsautoren in die hinterste Ecke des Gartens verzogen. Die spannende Thematik würde mich vielleicht ein wenig von meinem Kummer ablenken. Das hatte ich zumindest gehofft, doch im Endeffekt blätterte ich Seite für Seite, Kapitel für Kapitel durch, ohne wirklich zu lesen. Ich schaffte es einfach nicht, meine Gedanken von Jan zu lösen. *Eben so, wie ein großer Bruder für seine kleine Schwester empfindet.*

Irgendwann am späten Nachmittag war meine Mutter dann auf die Idee mit dem Konzert gekommen. Gefragt wurde ich vorher nicht, einfach vor vollendete Tatsachen gestellt. Doch letztlich war es mir ohnehin egal, denn alles war besser, als womöglich den Abend mit Jan, Tobias und meiner Mutter auf der Terrasse verbringen zu müssen – so nah und doch unerreichbar ...

Also hatte ich mir irgendein Kleid angezogen, meine langen Haare zu einem nachlässigen Knoten am Hinterkopf zusammengebunden und war mit meiner Mutter ins Auto gestiegen, kaum dass Jan und Tobias in bester

Stimmung und von ihrem Surfausflug sichtbar gebräunt zurückgekommen waren.

»Wann seid ihr denn ungefähr wieder da?«, hatte Tobias noch erfahren wollen, kurz bevor meine Mutter den Motor startete.

»Das Konzert geht circa zwei Stunden, also bis 22:30 Uhr«, hatte sie Auskunft gegeben. »Vielleicht gehen wir dann noch ein bisschen in die Cocktailbar der Villa Salve. Der Barkeeper dort soll legendär sein und es bestens verstehen, seine Gäste mit Witz und Charme auf andere Gedanken zu bringen.«

Natürlich hatte ich den vielsagenden Blick bemerkt, den sie Tobias dabei zugeworfen hatte, und gewiss war mir klar, dass ich diejenige war, die von irgendeinem redseligen Barkeeper auf andere Gedanken gebracht werden sollte. Ich hatte nichts dazu gesagt, doch mir fest vorgenommen, dass ich ganz bestimmt nicht mit ihr in diese Bar gehen würde, sondern direkt nach dem Konzert zurück ins Ferienhaus und dann sofort ins Bett. Tobi hatte plötzlich angefangen, verlegen zu grinsen, und gemeint: »Na ja, es wäre cool, wenn ihr etwas länger wegbleiben könntet. Jan und ich haben heute am Strand zwei ziemlich nette Surferinnen kennengelernt und sie für heute Abend zu uns eingeladen ... Ach so, eine davon ist übrigens das Mädchen aus der Ferienhausagentur.«

»Aha.« Verständnisvoll hatte meine Mutter aufgelacht. »Wenn das so ist, dann lassen wir uns natürlich viel Zeit mit dem Nachhausekommen.«

Mir hingegen hatte die Ankündigung meines Bruders das Herz gesprengt.

Musste das sein, Jan?, hatte ich mit einer Mischung aus Schmerz und Wut gedacht. Wollte er mir mit dem Besuch noch mal deutlich veranschaulichen, dass ich mir meine Gefühle für ihn schnellstens abschminken sollte? Und dann noch ausgerechnet diese arrogante Ex von Philipp! Wie klein war eigentlich diese blöde Insel, dass sie Jan ausgerechnet beim Surfen über den Weg laufen musste? War das Zufall? Was hatte sich das Schicksal verdammt noch mal dabei gedacht?

Das Kurhaus Binz, in dem das Konzert stattfand, stellte sich kurz darauf als Luxushotel der Extraklasse heraus. Wenn mir nicht so elendig zumute gewesen wäre, dann hätte ich mich für das schlossähnliche Anwesen bestimmt schwer begeistern können. In einigen der großen Säle hingen riesige Kristalllüster von den Decken, der Teppichboden war so dick und flauschig, dass meine Füße beinahe darin versanken. Doch all das nahm ich kaum wahr. Ich war nur teilnahmslos meiner Mutter in den halb offenen Konzertsaal gefolgt und hatte die Pause dafür genutzt, um der romantisch verklärten Musik zu entfliehen. Keine Ahnung, warum sie der Meinung gewesen war, dass mich der Gesang einer Künstlerin, deren Songs sich ausschließlich mit dem Thema Liebe beschäftigten, von meinem angeblichen Philipp-Herzschmerz ablenken könnte. Ich hatte die Flucht ergriffen und hockte nun unterhalb der Promenade zwischen der imposanten Binzer Seebrücke und dem Kurhaus am Strand und hätte am liebsten wie eine Wölfin den Mond angeheult.

Ich hörte das Meer rauschen, spürte den noch immer warmen Wind auf meiner Haut, sah in der Ferne vereinzelte Lichter aufflackern und die imposante, hell erleuchtete Seebrücke, doch die Zuversicht, die ich gestern am Strand verspürt hatte, wollte sich jetzt einfach nicht einstellen. Meine Gedanken drehten sich um das, was sich womöglich gerade im Ferienhaus abspielte. Ich wollte nicht daran denken. Ich wollte mir Jan nicht eng umschlungen, knutschend und erst recht nicht im Bett mit irgendeiner bildschönen Surferin vorstellen. Im schlimmsten Fall dieser schrecklichen Isabel. Dennoch schwirrten keine anderen Bilder als diese in meinem Kopf herum. Das alles war umso verletzender, weil ich mich immer wieder fragte, was wohl gewesen wäre, wenn ich nicht Tobis kleine Schwester und somit kein absolutes No-Go für Jan wäre.

Oder war der Grund nur vorgeschoben, weil er mich einfach nicht hübsch fand, ich nicht sein Typ war, er mit wirklich jeder, nur auf gar keinen Fall mit mir etwas anfangen würde? Das Wirrwarr in meinem Kopf machte mich noch völlig verrückt und vollkommen fertig. Und gerade als ich dachte, jetzt halte ich es nicht mehr aus, begann Charlie Puth in meiner kleinen Handtasche zu singen: »One call away ...«

Ich zuckte erschrocken zusammen, bevor mir klar wurde, dass das mein Handy war. Ich nahm mir fest vor, den Klingelton gleich nach diesem Telefonat zu ändern. Irgendetwas Schlichtes, frei von jeglichen Emotionen, bloß nichts Schönes, am besten ein stinknormales, bescheuertes Schrillen – passend zu meiner Stimmung.

»Ja?«, murmelte ich in den Hörer.

»Hallo Flora, ich bin's, Philipp.« Augenblicklich lief mir ein unbehaglicher Schauer über den Rücken. Warum rief er an? Um mir seine Meinung zu sagen? Mir mitzuteilen, was für eine alberne Kuh ich in seinen Augen war?

»Hi …«

»Bist du am Strand?« Seine Stimme klang freundlich und sanft, fast einfühlsam. Auf jeden Fall nicht auf Krawall gebürstet.

»Woher weißt du …?«

Ich brachte den Satz nicht zu Ende, weil ich ihn leise auflachen hörte. »Bloß keine Panik. Ich hocke nicht wie ein kranker Stalker irgendwo im Schilf und beobachte dich. Das Meer, es rauscht im Hintergrund.«

»Ach so«, sagte ich und kam mir sofort blöd vor. Er hatte mich durchschaut.

»Philipp, es tut mir wirklich leid.« Ich holte tief Luft. »Alles. Das musst du mir bitte glauben.«

Einen Moment lang war es still in der Leitung. Ich dachte schon, er hätte aufgelegt, als ich ihn sich leise räuspern und dann betont lässig sagen hörte: »Schwamm drüber. Hat es denn wenigstes geklappt mit dir und deinem Traummann?«

Ich schloss die Augen und schüttelte stumm den Kopf.

»Flora? Bist du noch da?«

»Ja … ja, klar bin ich noch da. Und … äh, nein. Es hat nicht geklappt.«

»Puh, ich würde lügen, wenn ich jetzt behauptete, das zu bedauern«, gab er zu. »Ich schätze nämlich, dass du sonst meine Einladung sofort ablehnen würdest. Frisch

Verliebte kann man ja bekanntlich nur schwer voneinander trennen.«

»Was für eine Einladung?«, fragte ich und war bei aller emotionalen Mattheit geradezu perplex.

»Zum Tauchen. Na ja, eher zum Schnorcheln. Es sei denn, du hast einen Tauchschein. Ich würde wirklich gern die Sache mit dem Schnorcheln nachholen. Eigentlich wollten wir das ja schon gestern machen, aber aus bestimmten Gründen hat das ja dann nicht geklappt.« Er machte eine Pause. »Also, wie sieht es bei dir morgen aus?«

Nun war ich vollends verwirrt. »Du willst dich tatsächlich noch mal mit mir verabreden? Nach dieser endpeinlichen Szene bei uns?« Ich lachte heiser auf. »Und nein, natürlich habe ich keinen Tauchschein ...« In Gedanken fügte ich hinzu: Ich und Schwimmen im Meer?! Wenn ich mir nur vorstelle, was sich unter der Wasseroberfläche so alles tummelt, wird mir schon ganz anders. Sehen möchte ich das bestimmt nicht.

»Na ja, Tauchen und Schnorcheln sind meine größten Hobbys und sozusagen auch schon seit Jahren irgendwie mein Job.«

»Aha«, machte ich. Mehr wollte mir beim besten Willen dazu nicht einfallen.

»Ja, aha. Aber das alleine ist natürlich nicht der Grund für meine Einladung. Ich schätze, dass du wegen diesem blonden Superman ziemlichen Frust schiebst. Schnorcheln ist die perfekte Art, um eine neue Sichtweise zu bekommen. Glaub mir, es ist unfassbar schön und eine tolle Erfahrung. Du tauchst wieder auf und plötzlich denkst du: Hey, jetzt hab ich tatsächlich all den Kummer und den ganzen anderen Scheiß ganz weit unten auf dem Meeresboden zurückgelassen.«

Die Vorstellung war genial. Einmal kurz unter Wasser und ohne Liebeskummer wieder auftauchen. Ich lachte leise auf.

»Lachst du etwa über mich, Flora?«, beschwerte er sich gespielt empört.

»Nein – oder doch«, gab ich zu. »Weil du nämlich geradezu penetrant überzeugend bist.«

»Aber auch total nett und einfühlsam und verständnisvoll und humorvoll, aber vor allem extrem gut aussehend.«

Ich lachte laut auf. Das Gespräch mit Philipp tat mir zunehmend gut. Ja, so war es. »Du hast noch etwas vergessen.«

»Was denn?«, fragte er.

»Total eingebildet!«

Er lachte leise. »Tja, ich kann es nun mal nicht ändern, dass ich so genial bin, wie ich bin! Und jetzt, wo das geklärt ist, möchte ich wirklich gerne von dir hören, dass du dich über die Einladung freust und es kaum erwarten kannst, wenn ich dich morgen früh um neun beim Ferienhaus abhole.«

»Ich freue mich, Philipp«, hörte ich mich zu meinem eigenen Erstaunen sagen. »Aber lass uns bitte einen ... na ja, neutraleren Treffpunkt ausmachen. Ich habe wirklich keine Lust, den anderen weiterhin etwas vorzuspielen.«

»Kann ich verstehen«, erwiderte Philipp. »Pass auf, nicht weit von eurem Ferienhaus entfernt liegen die Feuersteinfelder. Wenn du die Straße nach links gehst, dann kommst du direkt zu dem dazugehörigen Parkplatz. Dort warte ich auf dich. Okay?«

»Okay«, willigte ich ein. Hauptsache, weit weg von Jan. Ich nahm mir fest vor, meinen Liebeskummer auf dem Meeresboden zurücklassen.

»Perfekt! Dann bis morgen«, sagte Philipp freudig.

»Ja, bis morgen.«

Ich schob das Handy in meine Handtasche, erhob mich, klopfte mir den Sand von der Hose und ging zurück ins Kurhaus. Jeder meiner Schritte kam mir leichter vor als noch vor ein paar Stunden.

Es war verrückt, eben hatte es sich angefühlt, als wäre ich gefallen und dabei in tausend Stücke zerbrochen. Nach dem kurzen Telefonat mit Philipp kam ich mir tatsächlich wieder etwas heiler vor. Keine Ahnung, warum. Vielleicht, weil seine gute Laune und seine positive Art irgendwie ansteckend waren.

Als ich mich wenig später im Konzertsaal wieder auf den Stuhl neben meiner Mutter sinken ließ, sah sie mich fragend an und formte mit den Lippen ein tonloses: »Wo warst du?«

Mit schmerzverzerrtem Gesicht deutete ich auf meine Stirn. Tatsächlich kaufte sie mir die vorgetäuschten Schmerzen ab. Wobei, ganz gelogen war das eigentlich nicht, denn die Musik hatte tatsächlich bei mir für Kopfschmerzen gesorgt.

»Das Konzert muss jeden Moment zu Ende sein. Dann fahren wir direkt zurück. Okay?«, raunte sie mir leise zu.

Ich nickte schwach.

Nach dem nächsten Song bedankte die irische Sängerin sich strahlend bei ihrem Publikum und verließ die Bühne. Meine Mutter wollte die Zugabe wohl aus Rücksicht auf mich nicht abwarten. Sie erhob sich, griff nach meinem Arm und gemeinsam huschten wir aus dem Konzertsaal.

Draußen musterte sie mich dann mit gerunzelter Stirn. »War wohl keine so gute Idee von mir. Allerdings verstehe ich nicht, warum du vorhin nicht gesagt hast, dass du dich nicht gut fühlst?«

Unbehaglich zuckte ich mit den Schultern. Diese Lügerei musste ein Ende haben, ich war dafür einfach nicht geschaffen.

»Weil ich vorhin noch keine Kopfschmerzen hatte«, murmelte ich.

»Ach so, dann ist also der Gesang daran schuld?« Nun klang ihre Stimme spöttisch und ich begriff, dass ich mich getäuscht hatte, die Kopfschmerzen hatte meine Mutter mir nicht eine Sekunde lang abgekauft.

Resignierend verneinte ich. »Ich bin eine Katastrophe, ich weiß ...«

»Du bist bestimmt keine Katastrophe.« Meine Mutter seufzte. »Es ist eher so, dass die Sehnsucht ein Fluch sein kann.«

Ich hob die Augenbrauen. »Wie meinst du das?«

Sie strich mir sanft mit dem Zeigefinger über die Wange. »Schiffe soll man bekanntlich nicht aufhalten, Flora.«

Ich ahnte, dass mit dem Schiff Philipp gemeint war, doch genauso gut konnte man das auf Jan beziehen und das verwirrte mich und machte mich unendlich traurig, sodass ich einfach nur schwach nicken konnte.

Eine Weile lang standen wir schweigend nebeneinander, bis die Kälte vom Meer zu uns herübergekrochen kam. Fröstelnd zog ich die Schultern hoch.

»Wollen wir fahren?«, fragte meine Mutter.

Obwohl ich nicht die geringste Lust verspürte, Jan mit seiner Stranderoberung anzutreffen, nickte ich. Mit meiner Mutter in irgendeiner Cocktailbar abzuhängen, dazu konnte ich mich absolut nicht aufraffen.

Doch zumindest in dieser Sache meinte das Schicksal es gut mit mir. Als wir kurz darauf das Ferienhaus erreichten, lag es dunkel und verlassen vor uns. Nur die beiden Terrier kläfften sich hinter der Haustür fast heiser und hörten erst damit auf, als meine Mutter die Haustür aufschloss und sie wild an ihr hochspringen konnten.

»Hm, komisch, eigentlich hat Tobi doch gesagt, dass sie noch Besuch bekommen würden«, wunderte meine Mutter sich. »Na ja, vielleicht sind sie noch ausgegangen.«

Mir war's egal, oder nein, ich war einfach nur erleichtert darüber, dass ich keinen von ihnen sehen musste. Und damit das zumindest für heute so blieb, verzog ich mich auf der Stelle ins Bett.

7

Als ich aufwachte, schien die Sonne an die Zimmerdecke und die Vögel hatten schon begonnen zu singen.

Hektisch warf ich einen Blick auf mein Handy, das neben mir auf dem kleinen weißen Nachtschrank lag, und stellte zu meiner unendlichen Erleichterung fest, dass es erst kurz vor acht war. Mir blieb also noch genug Zeit, um mich in Ruhe fertig zu machen und zu dem vereinbarten Treffpunkt zu gehen.

Als ich an Jans und Tobis Zimmer vorbeihuschte, drang kein Laut dahinter hervor. Entweder schliefen sie noch oder waren heute Nacht nicht zurück ins Ferienhaus gekommen. Ich wollte mir nicht vorstellen, wo sie dann wohl übernachtet hatten und vor allem, mit wem – und tat es doch. Das Kopfkino startete von ganz alleine, den Ausschaltknopf zu bedienen, lag nicht in meiner Macht. Sofort hatte ich Isabel vor Augen, die Inselschönheit, wie sie in Jans Armen lag, ihn anlächelte, sich ganz nah an ihn drückte, und er war völlig betört von ihr, so grazil und blond, wie sie war. Die beiden gaben zusammen ein ziemlich perfektes Paar ab. Schnell verdrängte ich das Bild und betrat seufzend das Badezimmer, erledigte eiligst meine Morgentoilette und stand nur wenige Augenblicke später wieder in meinem Zimmer. Einen Moment lang überlegte ich, ob ich meine Badesachen gleich unterziehen sollte und was ich sonst noch so einpacken müsste. Schließlich entschied ich mich fürs Unterziehen. Ich fischte mir frische Unterwäsche aus dem Schrank, die ich in ein großes Handtuch gerollt in meine bunte Strandtasche stopfte.

Kurz darauf betrat ich die Küche und fand meine Mutter am Tisch vor. Sie war völlig in irgendeinem Reitsportmagazin versunken. Neben ihr stand eine Tasse mit dampfendem Tee. Von Tom und Jerry keine Spur. Bestimmt hatte sie die beiden wilden Jungs in den Garten verbannt, um wenigstens zu dieser frühen Stunde etwas Ruhe vor ihnen zu haben.

»Guten Morgen«, murmelte ich.

Sie schaute mich verblüfft an. »Guten Morgen. Warum bist du denn schon wach?«

Ich kratzte mich am Hinterkopf und gähnte. »Na ja, die Sonne scheint und ich bin eben nicht mehr müde.«

»Und wie es mir vorkommt, wesentlich besser gelaunt als gestern. Oder täusche ich mich?«

Ich zuckte vage mit den Schultern. »Kann sein ...«

Meine Mutter lächelte mich lieb an. »Ich wünsche es dir so sehr. Ich weiß ja, dass Liebeskummer echt wehtun kann, aber ...«

»Mama, bitte.« Ich verdrehte die Augen, denn ich wollte am liebsten nichts mehr davon hören. »Lass es!«

Sie legte die Stirn in Falten. »Ich bin hier, falls du doch irgendwann reden willst …«

Dann nickte sie und schob betont fröhlich hinterher: »Lust auf Frühstück?«

Ich verneinte. »Nicht wirklich. Mir reicht ein Glas Orangensaft und ein Joghurt.«

Sie schwieg, doch es fiel ihr verdammt schwer, auf einen Vortrag über die wichtigste Mahlzeit des Tages zu verzichten – ich konnte ihr den innerlichen Kampf regelrecht vom Gesicht ablesen.

Während ich meinen Joghurt löffelte und zwischendurch von dem Saft trank, erzählte sie mir begeistert von einem Reiterhof hier ganz in der Nähe, zu dem sie heute Nachmittag gehen wollte, und endete schließlich mit der von mir bereits erwarteten Frage: »Hast du nicht Lust mitzukommen, Flora?«

»Nein, Mama, das weißt du doch, oder?«

»Du kannst es doch wenigstens …«

Ich hob die Hand und fiel ihr erneut ins Wort. »Mama, nein! Ich habe keine Lust, weil ich mich nicht für Pferde interessiere. Und daran wird sich bestimmt auch nichts ändern. So langsam müsstest du es doch kapiert haben.«

Enttäuscht verzog meine Mutter das Gesicht. »Schade«, murmelte sie. »Aber ich kann wohl nichts daran ändern.«

Sie nahm einen tiefen Schluck aus ihrer Teetasse. »Und was hast du heute vor? Du wirst doch wohl hoffentlich nicht wie gestern den ganzen Tag im Garten sitzen und lesen?«

Ihre Stimme klang unterschwellig vorwurfsvoll. Zum einen, weil sie auch in hundert Jahren nicht akzeptieren wollte, dass ich ihre Pferdeliebe nicht teilte. Zum anderen, weil sie sich um mich sorgte, das war mir sehr wohl bewusst. Und ich hasste es, ich verfluchte mich innerlich selbst dafür, dass ich sie erneut anschwindeln musste. So was machte ich sonst nie. Eigentlich war unser Verhältnis ehrlich, ja, ich schätze, es war sogar echt gut. Bis auf die üblichen stressigen »Ich bin kein Kind mehr«-Momente eben, die man als 17-Jährige mit seiner Mutter so hatte.

Doch wie sollte ich ihr nun erklären, dass ich vorhatte, den Tag mit Philipp zu verbringen? Ausgerechnet! Aber mir blieb nichts anderes übrig, als sie erneut anzulügen, auch wenn die Worte mir nur schwer über die Lippen kamen. »Doch, Mama, ich plane tatsächlich, meinen Roman weiterzulesen. Aber nicht im Garten. Ich werde mir unten am Strand ein ruhiges Plätzchen suchen und es mir dort mit meinem Buch gemütlich machen.«

»Ganz alleine?« Sie schaute mich mitleidig an. Ich nickte.

»Wäre es dann nicht schöner, wenn du mit Tobi und Jan zum Surferstrand fahren würdest? Sie wollen am späten Vormittag wieder hin. Da kannst du doch auch lesen, wenn du unbedingt möchtest, bist aber wenigstens in Gesellschaft.«

»Ich möchte lieber alleine sein …«, erwiderte ich und fügte in Gedanken hinzu: Auf keinen Fall ertrage ich es, mit Jan am selben Strand zu liegen und ihm dabei zuzugucken, wie er sich mit irgendeiner doofen Surferin vergnügt. Ich schob das Bild aus meinem Kopf. »Du musst dir keine Sorgen machen, Mama. Echt nicht.«

Glücklich sah meine Mutter zwar nicht aus, aber sie schien endlich begriffen zu haben, dass ich fest entschlossen war und jedes weitere Wort zwecklos.

»Okay, aber dann lass uns wenigstens heute Abend zu viert etwas unternehmen, ja? Vielleicht können wir ja grillen? Oder wir entfachen ein kleines Lagerfeuer und halten Stockbrot in die Glut, so wie wir es früher immer gemacht haben?«

Mama, es ist aber nichts mehr wie früher, schoss es mir durch den Kopf. Ich zwang mich zu einem Lächeln und hob vage die Schultern.

»Mal sehen«, murmelte ich.

Als ich mich kurze Zeit später auf den Weg machen wollte, stieß ich im Flur beinahe mit Jan zusammen.

Ich wollte schnell weitergehen, aus Angst, was ich ihm alles vor lauter Verletzung an den Kopf werfen könnte, brachte es aber nicht über mich, ihn nicht anzusehen. Ich machte mich darauf gefasst, in seinem Gesicht etwas über gestern Abend zu lesen ... Doch er sah mich nur überrascht an. Keine Spur von ... ja, wovon eigentlich? Flirtlaune? Eroberungstriumphgefühl? »Wo willst du denn schon so früh hin, Flo?«

»Das geht dich überhaupt nichts an!«, knurrte ich.

Jan kniff die Augen zusammen.

»Soll das ab jetzt so zwischen uns weitergehen?«, fragte er leise. Er klang dabei irgendwie verletzt. Als ob ich ihn verletzt hätte. Ha-ha!

Ich antwortete nicht, hielt aber seinem Blick stand.

Jan seufzte tief. »Für mich ist das auch nicht so leicht.

Ich bin ...« Er brachte den Satz nicht zu Ende, sah mich nur so gequält an.

Meine Angriffslust war verpufft.

»Was bist du?«, wisperte ich.

Er legte seine Hand in den Nacken. Dann schloss er für einen Moment die Augen und senkte den Blick, bevor er langsam den Kopf schüttelte. »Nichts ... es ist nichts«, behauptete er. »Alles ist gut.«

Doch seine Stimme strafte ihn Lügen und ich kapierte absolut nicht, warum.

Was sollte das? Warum erklärte er mir klipp und klar, dass seine Gefühle für mich rein brüderlich waren, und sah mich jetzt so verzweifelt an, dass es mir fast das Herz zerriss? Um dann im nächsten Moment wieder zu behaupten, dass alles gut sei?

»Sag mir doch wenigstens, wo du hinwillst!« Jan ließ sich mit dem Rücken gegen die Wand fallen und plötzlich standen wir uns sehr nah gegenüber. Er hob die Hand, doch ich wich zurück.

»Wieso willst du das wissen?«, krächzte ich verwirrt. »Kann dir doch egal sein, was ich mache.« Ich hasste den zickigen Klang in meiner Stimme, aber ich wollte nur noch hier weg. Mit diesen Worten ließ ich ihn stehen und stapfte zur Haustür.

Obwohl es schon sehr warm war, fröstelte ich ein wenig. Ich atmete tief durch und lief einfach drauflos. Am Ende der schmalen Straße drehte ich mich noch einmal zum Ferienhaus um. Jan stand in der Einfahrt und sah mir nach. Er winkte und hielt etwas in den Händen. Verdammt, meine Strandtasche. Das kurze Zusammentreffen mit ihm hatte mich so aus der Bahn geworfen, dass ich völlig kopflos aus dem Haus gelaufen war und meine Tasche stehen gelassen hatte.

Eigentlich hätte ich umdrehen sollen und sie holen. Schließlich befand sich neben meiner Unterwäsche und dem Handtuch auch meine Geldbörse und vor allem mein Handy darin. Aber ich konnte nicht. Noch einmal würde ich es nicht fertigbringen, Jan entgegenzutreten. Mein gekränktes Herz hatte schon genug mitgemacht für einen Morgen, fand ich.

Und außerdem, wozu brauchte ich beim Schnorcheln schon Geld. Und einen Tag ohne Handy würde ich auch schon überleben – irgendwie ...

Als ich den Treffpunkt erreichte, war von Philipp nichts zu sehen. Ich wollte gerade die Straßenseite wechseln und auf den Parkplatz einbiegen, als mich ein gelber Minicooper mit ziemlich hoher Geschwindigkeite überholte. Hatte der sie noch alle?!

Seufzend setzte ich mich auf einen Findling, der am Rande des Parkplatzes lag, und sah mich in der Gegend um. Gestern Abend hatte ich noch kurz auf meinem Handy gegoogelt, was sich hinter den Feuersteinfeldern verbarg, und dabei herausgefunden, dass diese Steinlandschaft einmalig in Deutschland war. Wer auf Rügen weilte und sich für Natur interessierte, hatte es dort weiter geheißen, sollte daher unbedingt auf der Schmalen Heide vorbeischauen.

Okay, da bin ich, schoss es mir durch den Kopf. Aber die angebliche Faszination, von der im Internet so geschwärmt wurde, wollte beim besten Willen nicht auf mich überspringen. Hier lagen nur viele, viele graue Steine herum, dazwischen wuchs spärliches Grün, hier und da ein einzelner Baum und im Hintergrund der Wald.

Aber womöglich war ich durch das aufwühlende Zusammentreffen mit Jan und sein sonderbares Verhalten gerade blind für die Wunder und Schönheit der Natur.

Ich erhob mich von dem Findling und vermisste schon jetzt mein Handy. Ich trug schon seit Ewigkeiten keine Armbanduhr mehr und jetzt wusste ich nicht, wie lange Philipp schon überfällig war.

Nach einer gefühlten Ewigkeit kam es mir langsam in den Sinn, dass die Verabredung eventuell auch eine Verarschung gewesen sein könnte. Hatte Philipp sich womöglich nur zum Schein morgens um neun mit mir verabredet und zu diesem idiotischen Treffpunkt bestellt, weil er es mir heimzahlen wollte? Hatte er nur so getan, als ob er mir den vorgespielten Freund nicht übel genommen hätte?

Wer wusste schon, wie der Kerl eigentlich tickte? Schließlich war er für mich ein Unbekannter.

Ich sah mich noch einmal um und beschloss, wieder zum Ferienhaus zu gehen. Doch ich hatte mich noch keine fünf Meter von dem Findling entfernt, da hielt ein roter Kleinwagen neben mir. Schwungvoll öffnete sich die Fahrertür und Philipp stand vor mir.

Er hatte hektisch rote Flecken am Hals und im Gesicht und kratzte sich am Kinn. Er sah richtig zerknirscht aus.

»Tut mir echt leid, dass ich so spät dran bin, aber mein Opa hat mal wieder den Autoschlüssel verlegt. Wir haben das ganze Haus samt Werkstatt danach abgesucht, ehe ihm plötzlich wieder eingefallen ist, wo er ihn gelassen hat.«

»Wo denn?«, fragte ich.

»In seiner Hosentasche.«

»Oh nein.« Ich lachte. »Der Klassiker.«

»Du sagst es.« Philipp verdrehte die Augen. Aber dann änderte sich sein Gesichtsausdruck plötzlich. »Zum Glück bist du nicht wieder gegangen. Das hätte ich meinem Opa nämlich verdammt übel genommen.« Ein Lächeln breitete sich auf seinem Gesicht aus. Wow – als ob mitten im Regen die Sonne aufgeht. Philipp sah wirklich gut aus mit seiner geraden, markanten Nase und dem sinnlichen Mund. Und seine Augen waren gar nicht braun, wie ich bisher gemeint hatte, sondern braungrün mit goldenen Sprenkeln. Interessant.

Wenn ich nicht unsterblich und auch leider unglücklich in Jan verliebt gewesen wäre ... womöglich hätte Philipp mir gefallen. Vielleicht hatte Sabrina ja recht und es war nie verkehrt, einen Plan B zu haben. Philipp kannte mich nicht so gut wie Jan. In seinen Augen war ich nicht Flo, Tobis kleine Schwester, sondern Flora und die schien er ziemlich cool zu finden. Ja, ich war mir sogar ziemlich sicher, dass er mich mochte.

Dummerweise krankte mein Herz aber an Jan und ich fürchtete, dass es sich davon nicht so schnell erholen würde.

»Ist was in meinem Gesicht?«, fragte Philipp jetzt. »Ich

meine, klebt da etwas? Oder stimmt vielleicht irgendwas mit meiner Nase nicht?«

»Äh ... nein«, erwiderte ich und schüttelte meine Gedanken ab.

In Philipps Augen blitzte es amüsiert. »Und warum starrst du mich dann so an?«

Das Blut schoss mir in die Wangen.

»Hab ich gar nicht«, brummte ich und studierte eingehend meine Fußspitzen.

Philipp lachte und nun kam ich mir endgültig dumm vor. Was war denn jetzt schon wieder mit mir los? Warum lief ich rot an? Philipp war ein toller Typ, klar. Und er war locker, nichts an ihm wirkte verkrampft, außer vielleicht, wenn er über seine Ex sprach. Aber dennoch interessierte ich mich nicht für ihn ... wennschon, dann als Kumpel. Oder?

Zum Glück bereitete Philipp meinen konfusen Gedankengängen ein jähes Ende, indem er vorschlug, endlich loszufahren.

»Ja, unbedingt«, stimmte ich ihm zu.

Als Philipp mir schließlich galant die Beifahrertür öffnete, fragte er: »Hast du keine Tasche dabei? Badesachen, Handtuch ... irgendetwas?«

Ich verneinte.

Zum Glück bohrte er nicht weiter nach. Freiwillig würde ich ihm bestimmt nichts von meiner frühen Begegnung mit Jan erzählen oder davon, wie ich fluchtartig und verwirrt und das Ferienhaus verlassen hatte. Ich wollte jetzt, wo Philipp da war, nur noch eins: weg von alldem.

Nachdem ich auf den Beifahrersitz gesunken war, ging Philipp ums Auto herum und dann war er plötzlich aus meinem Sichtfeld verschwunden.

Ich beugte mich leicht zur Fahrerseite herüber und blickte durch die Heckscheibe, doch Philipp schien irgendwie abgetaucht zu sein.

Oder gestürzt?

Bevor ich aussteigen und nachsehen konnte, richtete er sich neben dem Auto wieder auf und ließ sich kurz darauf auf den Fahrersitz plumpsen.

»Hier!« Er streckte mir lächelnd die Hand entgegen. »Schau mal, was ich gerade gefunden habe.«

Auf seiner Handinnenfläche lag ein schwarzer Stein, an dem eine sonderbare weiße Kruste haftete. Genau in der Mitte des Steines war ein kleines ovales Loch zu sehen.

»Was ist das?«, fragte ich. So einen Stein hatte ich noch nie gesehen.

Philipp legte ihn mir in die Hand. »Betrachte ihn als deinen Talisman.«

»Talisman?«

Er nickte. »Das ist ein Hühnergott. Ein Meeressteinchen mit einem kleinen Loch. Es heißt, die Krimtataren hätten geglaubt, dass, wenn ein solcher Stein mit einem Faden an die Hühnerstange gehängt wird, die Hennen mehr Eier legen. Daher der Name Hühnergott.«

Ich räusperte mich. »Dir ist aber schon aufgefallen, dass ich kein Huhn bin, oder?«

Philipp grinste schief. »Jaja, mach dich ruhig lustig. Aber so ein Hühnergott bringt auch den Menschen

Glück. Ihm werden geheimnisvolle Kräfte zugeschrieben. Man sagt, er setzt einen Zauber gegen jedes Unheil, das einem widerfahren kann. Vorausgesetzt natürlich, dass das Loch auf natürlichem Wege entstanden ist.«

Skeptisch betrachtete ich den Stein in meiner Hand. »Soso, dann wird ab jetzt also alles gut?!«

Philipp knuffte mir leicht gegen den Oberarm. »Du sagst das so ungläubig.«

Ich zuckte mit den Schultern. »Na ja, eigentlich bin ich nicht so der abergläubische Typ.«

»Aber er hat dir doch schon Glück gebracht.«

»Inwiefern?«

Seine Augen funkelten wie eine braungrüngoldene Wunderkerze. Er tippte sich theatralisch gegen die Brust. »Hallo?! Mit wem sitzt du im Auto und wer wird jetzt gleich mit dir zu einem unglaublichen Ort fahren? Wenn das kein absoluter Glücksfall für dich ist, dann weiß ich auch nicht.«

Ich lachte. »Genau, Herr Superglücksfall, und eingebildet sind wir überhaupt nicht!«

Philipp stieg in mein Lachen ein. »Wenn es nun mal so ist, warum soll ich es verheimlichen?«

Ich schüttelte grinsend den Kopf und sparte mir eine Antwort.

Im nächsten Moment startete Philipp den Motor und lenkte den Wagen im großen Bogen vom Parkplatz, um gleich darauf auf dem schmalen Schotterweg zu fahren, der direkt an unserem Ferienhaus vorbeiführte. Kurz darauf erreichten wir eine Landstraße, die kilometerlang zu beiden Seiten von dichtem Wald gesäumt war.

»Wohin fahren wir denn eigentlich?«, fragte ich nach einer Weile.

»Zum Kap Arkona.«

Ich sah ihn verwundert von der Seite an. »Aha. Aber ist das nicht der Ort, an dem gleich mehrere Leuchttürme herumstehen? Ich dachte eigentlich, wir wollen irgendwo schnorcheln?!« Das mit den Leuchttürmen wusste ich von meiner Mutter. Ein Besuch am Kap Arkona stand nämlich auf ihrer Rügen-to-do-Liste ganz weit oben – nach diversen Reiterhof-Besuchen natürlich.

»Es sind drei Leuchttürme. Schinkelturm, Leuchtfeuer und der Peilturm.«

»Rügen-Spezialist bist du also auch ...« Ich sah ihn gespielt schwärmerisch von der Seite an. Dann fragte ich: »Verdienst du dir damit dein Geld?«

Philipp grinste. »Nerve ich dich mit meinen Fremdenführerkünsten?«

»Nö, bestimmt nicht. Ich bin ernsthaft beeindruckt von deinem unglaublichen Wissen. Herr Superglücksfall.«

Philipp hob einen Daumen. »Jaja, und schon wieder Glück gehabt, Flora, denn meine Rügen-Führung bekommst du gratis.«

Er wandte den Kopf zu mir um. Da war es wieder, das unwiderstehliche Lächeln. Nur den Hauch eines Momentes, bevor er den Blick wieder nach vorne auf die Straße richtete. »Wenn auch sonst heute nichts nach Plan läuft ...«

»Du sprichst in Rätseln.«

Philipp nahm eine Hand vom Lenkrad und fuhr sich durch das dunkle Haar.

»Ein paar von meinen Leuten wollen mit dem Boot rausfahren, um runter zum Kreideriff vor Kap Arkona zu tauchen. Ich wollte eigentlich mitfahren. Also im Boot und zusammen mit dir.«

»Aha«, machte ich, während Philipps Gesicht sich verdunkelte. Etwas, was ich bisher noch nicht bei ihm erlebt hatte. Selbst als ich zugegeben hatte, ihn nur benutzt zu haben, um Jan eifersüchtig zu machen, war er zwar sofort gegangen, aber richtig geknickt hatte er nicht ausgesehen.

»Und warum tun wir das dann nicht?«

Philipp kratzte sich schuldbewusst am Kinn. »Wäre das denn okay für dich? Ich meine, ich hab ja eigentlich nur vom Schnorcheln gesprochen und nicht von einer Bootstour.«

»Klar, warum nicht.«

Philipp lächelte erleichtert. »Prima, ich dachte schon, du wärst sauer.«

Ich schüttelte den Kopf. »Nö, warum sollte ich denn? Aber dann wird das nichts mit dem Schnorcheln?«

Philipp schüttelte den Kopf. »An der Stelle ist es zu gefährlich für dich«, erklärte er. »Dort gehen nur erfahrene Taucher ins Wasser, kein guter Ort zum Schnorcheln. Aber ich dachte, es würde dir Spaß machen, ihnen zuzusehen. Außerdem hat man vom Wasser aus eine geniale Aussicht auf die Küste.«

»Also werden wir am Kap Arkona nicht schnorcheln?«

»Wir können später an einer etwas flacheren Stelle ins Wasser gehen, wenn du magst«, schlug er vor.

»Okay«, sagte ich zum dritten Mal.

Philipp sah mich entschuldigend an. »Ich hoffe, du bist nicht zu enttäuscht?« Ich konnte gar nicht so schnell den Kopf schütteln, wie die Erleichterung aus mir hinauswollte. »Bestimmt nicht. Zugucken tue ich eh viel lieber.«

Er sah mich schräg von der Seite an. »Dann nimmst du mir die kleine Notlüge, um mit dir was zu unternehmen, also nicht krumm?«

Ich hob die linke Schulter. »Absolut nicht. Ich bin sogar froh darüber«, gab ich zu.

»Erleichtert?«

Ich nickte und jetzt brach es geradezu aus mir heraus. »Und wie! So unter Wasser, also so richtig tief, quasi Auge in Auge mit irgendwelchen Meerestieren, Quallen, Fischen, sonderbaren Schlingpflanzen, das ist nichts für mich.«

Nun war Philipp richtig baff. »Und warum wolltest du dann mitkommen? Ich meine, wenn du nicht mal unter Wasser gehen willst?«

Ich atmete tief durch. »Die Wahrheit?«

Er nickte, ohne den Blick von der Straße abzuwenden. »Ich bitte darum!«

»Damit die Zeit bis Sonntag möglichst schnell vergeht.«

»Was ist denn am Sonntag?«

»Da fahre ich mit meinem Vater zurück nach Hause.«

»Aha«, murmelte er nur.

Verstohlen musterte ich ihn von der Seite, sah seine Kieferknochen arbeiten.

»Philipp ...«, begann ich zögerlich.

Doch er fiel mir abwinkend ins Wort. »Und wo ist dein Zuhause?«

»Göttingen«, erklärte ich. »Sagt dir das was?«

Philipps Kopf wirbelte zu mir herum. Seine dunklen Augen bohrten sich ungläubig in meine.

»Das gibt es ja gar nicht«, krächzte er.

»Ähm ... warum? So schlimm ist Göttingen nun auch wieder nicht. Klar, es ist nicht Hamburg oder Berlin oder Frankfurt, aber es ist okay«, erklärte ich. Und mit einem Hauch von Trotz fügte ich hinzu: »Wo wohnst du denn ach so Tolles, dass dich Göttingen schockt?«

Ein Grinsen breitete sich auf seinem Gesicht aus. »In Berlin. Aber seit dem Frühjahrssemester studiere ich in Göttingen.«

»Nicht dein Ernst?«

Philipp nickte wie verrückt. »Absolut!«

War das etwa wieder so ein Wink des Schicksals? Hatte es mir Philipp präsentiert, um über Jan hinwegzukommen? Oder mich von Jan enttäuscht sein lassen, um Philipp zu entdecken und mich in ihn zu verlieben? Ich wusste langsam echt nicht mehr, was ich von diesem ganzen Schicksalsgedöns halten sollte. Vielleicht hatte ich auch einfach nur einen ausgewachsenen Vollknall?

8

Schon wieder Steine!«

»Ich hab dir ja gesagt, dass die steinigen Strände unterhalb der Steilküste am Kap Arkona nicht zum Baden geeignet sind«, entgegnete er fast ein wenig entschuldigend.

Ich atmete tief durch. »Es ist doch auch völlig okay, Philipp, das war kein Vorwurf. Du kannst ja nichts dafür, wenn Rügen zu 99 Prozent aus Steinstränden und Wald besteht. Außerdem war der Abstieg hier runter über diese ewig lange Kaisertreppe total spannend. Wie viele Stufen waren das jetzt noch mal?«

Er rieb sich mit dem Zeigefinger das Kinn.

»Sie heißt Königstreppe und ist 42 Meter lang. Wie viele Stufen das sind, weiß ich nicht«, brummte er.

Ich ließ mich auf den steinigen Untergrund sinken. »Philipp, hey, jetzt sei doch nicht so ...« Ich stockte, suchte nach dem richtigen Wort, doch Philipp fand es vor mir.

»... angepisst?!«, sagte er und grinste endlich wieder.

Ich nickte. »Das wollte ich sagen. Hey, es ist doch alles super. Auch wenn deine Taucherfreunde sich noch immer nicht blicken lassen haben, ich bin schwer beeindruckt von der Landschaft. Diese Kreidefelsen sind echt der Hammer. Und der Blick, den man von dort oben übers Meer hat, ist einfach nur sensationell. Ich liebe das Meer, ich mag den Wind, das Rauschen der Wellen, die Weite, diese unendliche Weite. Das ist mir dort oben mal wieder bewusst geworden.« Ich breitete die Arme aus und drehte mich um meine eigene Achse. Dann setzte ich mich.

Philipp lächelte vielsagend. »Ich kenne das Gefühl«, erklärte er und ließ sich neben mich sinken. So nah, dass sich unsere Oberarme berührten. Es war ein vertrautes, schönes Gefühl. Kein 1000-Volt-Stromschlag, so wie es sich anfühlte, wenn Jans Arm mich zufällig streifte.

»Bei Sturm kann man hier unten nicht sitzen. Und schwimmen gehen sollte man dann auch nicht«, erzählte er.

»Warum nicht?«

Er deutete nach oben. »Es brechen immer wieder Stücke aus den Felsen raus. An diesem Abschnitt sind schon einige Menschen deshalb verletzt worden oder sogar ums Leben gekommen. Außerdem wird die Brandung dann so stark, dass sie dich aufs offene Meer hinauszieht.«

Trotz der Wärme begann ich zu frösteln, während ich misstrauisch die Steilküste über uns beäugte.

»Sollten wir uns dann nicht vielleicht lieber woanders hinsetzen?«

Philipp grinste. »Quatsch, schau dir die Wasseroberfläche an, man könnte sich in ihr spiegeln. Meeresstille ...«

Das Meer lag wirklich still vor uns. Selbst die Möwen hatten ihr Kreischen eingestellt und an diesem kleinen Strandabschnitt hatte ich das Gefühl, fern von allem zu sein. Keiner Menschenseele waren wir bisher begegnet. Es war ein rundum friedlicher Moment. Die Luft roch angenehm salzig, die Sonne wärmte herrlich, alles war gut, als hätte jemand für einen Augenblick lang die Zeit angehalten – bis wir plötzlich das Geräusch eines sich nähernden Motorbootes vernahmen.

»Das sind sie«, sagte Philipp, noch bevor das Boot hinter dem Steilküstenvorsprung sichtbar wurde.

»Das erkennst du am Motorgeräusch?«, staunte ich.

Er nickte. »Das Boot gehörte meinem Großvater. Mit dem Geräusch bin ich quasi aufgewachsen.«

Von Philipp wusste ich inzwischen, dass er zwar mit seinen Eltern in Berlin wohnte, aber seit seiner Geburt beinahe jeden Ferientag und unzählige Wochenenden hier auf Rügen verbracht hatte. Seine Großeltern waren bis vor knapp einem Jahr im Besitz einer großen Ferienhausanlage gewesen. Ihr Rückzug aus dem Berufsleben schien Philipp ganz und gar nicht zu passen. Als er mir vorhin im Auto davon erzählt hatte, war der bittere Unterton in seiner Stimme nicht zu überhören gewesen.

»Und wem gehört es jetzt?«

»Henning Sander«, stieß Philipp verächtlich hervor.

Ich schaute aufs Meer hinaus und wunderte mich wieder, wie der sonst so gut gelaunte Phillip plötzlich so schroff klingen konnte. Dieser Sander schien nicht gerade Philipps bester Freund zu sein. Was die Frage aufwarf, warum Philipp dann vorhin gemeint hatte, dass ein paar Freunde von ihm hierher zum Tauchen kommen würden. So verächtlich, wie er gerade geklungen hatte, hörte sich das für mich nicht gerade nach best friends forever an.

»Ist dieser Henning auch auf dem Boot?«

Philipp schüttelte den Kopf und schnaubte. »Nein! Henning Sander ist ein alter Geldsack, der sich seit ziemlich genau einem Jahr hier auf Rügen so ziemlich alles unter den Nagel gerissen hat, was Geld bringt. Er lauert nur darauf, die Notlage der Menschen hier auszunutzen, damit ihm bald die ganze Insel gehört.«

»Okay ...« Ich verstand nur Bahnhof. Aber dass Philipp auf diesen Sander nicht gut zu sprechen war, hatte ich nun endgültig begriffen. Allerdings fragte ich mich, warum dann seine Freunde im Motorboot dieses Sanders unterwegs waren.

Eigentlich ging mich das alles gar nichts an. Doch dank Philipps Story hatte ich zumindest seit einem halben Vormittag nicht mehr an Jan gedacht und das wiederum war gut, sogar sehr gut. Nur deshalb blieb ich bei dem Thema. »Wer ist denn alles auf dem Boot? Kannst du das von hier aus erkennen?«

Er nickte. »Claas, Tore, Matthias und natürlich Isabel.«

Ich zog eine Augenbraue hoch. »Und natürlich Isabel? Deine Ex?«

»Ja, meine Ex. Sie ist Henning Sanders Tochter.« Philipp sah unverwandt dem Boot entgegen, das nun auf uns zugetuckert kam.

Ich strich mir nachdenklich eine Haarsträhne aus dem Gesicht. »Aha.«

Philipp wandte sich mir zu und musterte mich merkwürdig. »Du klingt fast so, als wärst du eifersüchtig.«

Mir blieb glatt die Spucke weg. »Ich? Warum das denn? Und vor allem, auf wen?«

Philipp verzog den Mund. »Auf Isabel.«

»Warum sollte ich?!« Ich war völlig perplex. Was bildete Philipp sich eigentlich ein, schoss es mir durch den Kopf. Warum sollte ich auf seine Ex eifersüchtig sein? Wegen ihm?

Statt mir zu antworten, hob er kurz die Hand und winkte den Leuten auf dem Boot zu. Sein Gruß wurde wesentlich begeisterter erwidert. Ganz besonders von Isabel, die ich sofort an ihren in der Sonne golden leuchtenden blonden Haaren erkannte. Von den drei Jungs konnte ich nur zwei erkennen. Sie waren alle braun gebrannt und hatten breite Schultern – wie Philipp.

Ich beobachtete ihn, während er noch näher ans Wasser trat, die Hände trichterförmig um den Mund schloss und rief: »Live and let dive!«

Er lachte auf. Die fünf schienen eine eingeschworene Taucherclique zu sein und plötzlich fragte ich mich, was ich hier eigentlich verloren hatte. Ich wollte nicht mit dieser Isabel in einem Boot sitzen. Alles in mir sträubte sich dagegen. Womöglich hatte die dumme Kuh nichts Besseres zu tun, als von ihrer neuen Eroberung, dem wirklich gut aussehenden Jan aus Göttingen, zu schwärmen.

Und womöglich würde dann eine von uns über Bord gehen: entweder ich, weil ich ihr Gerede nicht mehr ertragen konnte, oder sie aus demselben Grund. Nein, alles, nur das nicht. Dann lieber auf direktem Weg zurück ins Ferienhaus. Sosehr ich mich von Jan fernhalten wollte, mit seiner womöglichen neuen Flamme in einem Boot, das bekam ich nicht geregelt.

»Du, Philipp ...« Ich räusperte mich. »Wie geht es denn jetzt eigentlich weiter? Ich meine, Schnorcheln ist ja nun nicht und von hier aus deinen Freunden beim Tauchen zuzusehen, hm ... irgendwie finde ich das nun doch nicht mehr so spannend.«

Erstaunt drehte Philipp sich zu mir um. »Ach so, okay. Aber was bedeutet das jetzt? Möchtest du etwa schon wieder fahren?«

Ich wiegte den Kopf hin und her. »Du kannst ja gerne bleiben, aber ich möchte ...«

Er hob die Augenbrauen. »Du möchtest Isabel aus dem Weg gehen? Ist es das?«

»Nein!«, behauptete ich. »Warum denn? Was redest du eigentlich ständig von ihr? Sie interessiert mich nicht. Null.« Okay, dafür, dass sie mich angeblich nicht interessierte, hatte ich dann wohl eine Spur zu heftig reagiert. Aber ich verstand einfach nicht, warum er in einer Tour meinte, ich hätte ein Problem mit ihr. Schließlich wusste Philipp ja nicht, dass Jan seit Moment eins auf Rügen anscheinend auf sie stand. Ich war sehr wohl eifersüchtig auf Isabel, aber ganz sicher nicht wegen Philipp, wie er es vorhin angedeutet hatte.

Ratlos kaute ich auf meiner Unterlippe herum.

»Ist es, weil ich eben gesagt habe, du wärst auf sie eifersüchtig?«, fragte Philipp.

Ich schüttelte den Kopf. »Nein. Ich verstehe ja immer noch nicht, was du damit eigentlich meinst.«

»Heilige Scheiße«, entfuhr es ihm, bevor er sich mit der flachen Hand vor die Stirn klatschte. »Du hast es gar nicht mitbekommen?!«

Langsam wurden mir seine komischen Andeutungen zu blöd. »Ich habe wirklich keine Ahnung, wovon du redest. Aber ich kann dir versichern, auf Rätselraten habe ich absolut keine Lust!« Ärgerlich wandte ich mich zum Gehen.

»Okay, keine Rätsel mehr, versprochen. Ich dachte nur ... deswegen wärst du so gegen Isabel eingestellt.« Er sah mich entschuldigend an, sodass mein Ärger fast von einer Sekunde auf die andere verflog.

»Weswegen?«, fragte ich, immer noch etwas ungeduldig.

»Belanglos«, behauptete er.

»Jetzt sag schon!«, forderte ich ihn eindringlich auf. Wie konnte ein Kerl nur so um den heißen Brei herumreden??!

Er seufzte tief. »Verdammt, wie war das noch mal im alten Rom mit dem Überbringer von schlechten Nachrichten? Ich meine, sie wurden geköpft.«

Ich konnte mir ein leises Auflachen nicht verkneifen, weil er plötzlich so betrübt das Gesicht verzog.

»Keine Sorge, ich habe weder eine Machete dabei noch bin ich ein besonders gewalttätiger Mensch. Ich kann nicht einmal Blut sehen. Meinetwegen wirst du deinen Kopf also bestimmt nicht verlieren.«

Er sah mich an. Ein unergründlicher Blick. Dann schüttelte er langsam den Kopf. »Zu spät, Flora«, flüsterte er mir rauer Stimme. »Den habe ich längst verloren ... deinetwegen.«

»Du hast was?« Die Fragezeichen wurden immer größer – Philipp schaffte es, mich auf vollkommen andere Gedanken zu bringen, das musste ich ihm lassen. Er erzählte völlig verrücktes Zeug. Total durchgeknallt.

Ich sah ihn schwer schlucken.

»Du denkst garantiert, ich habe den Schuss nicht mehr gehört, oder?«

Ich nickte. »Philipp, ganz ehrlich, ich weiß einfach nicht, was ich von alldem halten soll. Ich weiß auch nicht, wie ich dich eigentlich finden soll. Du sprichst ständig in Rätseln und ...«

»Ich habe Isabel gestern Abend mit Jan gesehen«, fiel er mir ins Wort.

»Welchen Jan?«, fragte ich, obwohl ich natürlich wusste, von wem er sprach. Aber es so zu hören, so echt und wahr, nicht nur eine böse Vermutung, sondern ein »Augenzeuge« – mein Magen zog sich schmerzhaft zusammen. Ich wollte es nicht hören. Keine Details, schoss es mir ängstlich durch den Kopf, und dennoch hinderte ich ihn nicht am Antworten.

»Der Jan, den du mit mir aus der Reserve locken wolltest.«

Meine Beine wurden ganz weich. Ich musste mich setzen. Einfach auf den nächsten größeren Stein, von denen hier auf Rügen ja zum Glück jede Menge herumlagen.

»Mist«, keuchte ich. Es war also wahr. Aus der schmerzlichen Vermutung war Gewissheit geworden. Verdammt, tat das weh. »Und wie? Ich meine ... wie?« Das Kopfkino von heute Morgen – jetzt holte es mich wieder ein. Absolut real und damit schrecklicher als zuvor.

»Ziemlich eindeutig. Sie lag in seinen Armen und er wirkte nicht so, als würde ihm das nicht gefallen.«

Mein Herz knüllte sich zusammen. »Sicher?«

Philipp beugte sich zu mir hinunter und umfasste sanft meine Schultern. »Ja. Tut mir leid. Echt.«

Ich starrte auf meine Hände, als ob ich sie gerade erst entdeckt hätte. Dann stand ich abrupt auf, mir schwirrten Sternchen vor den Augen, so schnell schoss das Blut aus meinem Gesicht.

Nein, nein. Nein! Dann war es also wirklich wahr. Jan hatte ganz absolut kein Interesse an mir. Denn er war längst in Isabel verknallt! Ich kam mir mal wieder so unendlich dumm und klein und verletzt vor.

Ich wollte nur noch weg. Auf keinen Fall würde ich mit dieser Isabel auf einem Boot auf gute Laune machen.

Ich kniff die Lippen zusammen, schaute Philipp nur stumm an und wandte mich zum Gehen.

»Flora! Wo willst du denn hin?«

Ich schüttelte seine Hand ab. »Kein Plan. Irgendwohin, wo ich mich sonnen kann, relaxen. Das macht man doch für gewöhnlich im Urlaub am Strand.«

»Warte, ich komme mit«, erklärte er.

Ich hätte sein Angebot liebend gern abgelehnt. Doch dummerweise war ich ohne Handy oder Geld oder Auto so ziemlich auf ihn angewiesen.

»Und deine Freunde? Du hast dich doch mit ihnen verabredet.«

»Vergiss es einfach«, winkte er ab. »Das ist jetzt nicht wichtig. Ich wollte mit dir den Tag verbringen ...«

Ich nickte. Auch wenn mir kein bisschen mehr der Sinn danach stand.

Als wir eine knappe halbe Stunde später wieder oben am Auto angekommen waren und wir schweigend ins Auto gestiegen waren, räusperte sich Philipp. Den ganzen Weg die Stufen hinauf hatten wir kein Wort gewechselt und ich war dankbar, dass Philipp nicht versuchte, mich aufzumuntern.

»Ich muss dir noch was sagen«, hörte ich Philipp jetzt leise sagen. »Ich weiß, das ist jetzt bestimmt nicht das beste Timing. Absolut nicht. Aber ich muss es jetzt loswerden, ich mag dich, Flora. Sogar sehr.«

Ich blickte zu ihm auf und sah ihn fassungslos an. Schlechter konnte das Timing wahrlich nicht sein. »Was?«

Er nickte verlegen. »Ich sagte ja, das Timing ist scheiße. Aber was soll ich tun, ich hab dich gesehen, ein Blick in deine braunen Augen, und gedacht: Verdammt, ist die süß. Also nicht so süß, wie man zum Beispiel einen Dackel süß findet ...« Er stockte, wischte sich übers Gesicht, während ich die Welt nicht mehr verstand.

Aber er hatte es geschafft: Ich musste zumindest schmunzeln. »Hast du mich gerade mit einem Dackel verglichen?«

Er winkte übertrieben ab. »Nein! Natürlich nicht! das war nur so ... ach, verdammt, Flora, ich steh auf dich. Was soll ich tun, es ist so.« Er hob entschuldigend seine Hände. »It was love at first sight, Flora. Dagegen bin ich wehrlos.«

Ich starrte ihn an. Der Junge war zwar süß, hatte aber nachweislich ’nen Riesenknall, das war jetzt amtlich. Genauso fest stand aber auch: Mit seinen Worten hatte er mir mal gerade innerhalb von einer Stunde zwei Mal komplett den Boden unter den Füßen weggezogen.

»Okay, Flora, ich höre jetzt auf, dir ständig mit allen möglichen Dingen in den Ohren zu liegen. Ich schätze, ich habe dich etwas ... na ja, überfordert. Kann ich dich zur Entschädigung auf ein Eis einladen?«

Ich nickte mechanisch. Mehr war gerade nicht drin.

Philipp strahlte. »Super. Aber vorher zeige ich dir noch einige Hot Spots der Insel. Okay?«

Erneut nickte ich.

9

Meine Mutter kam aus dem Haus gestürmt, noch bevor ich die Beifahrertür zugeschlagen hatte. Ich gab Philipp mit dem Kopf ein Zeichen, dass er fahren sollte. Sofort.

»Sehen wir uns wieder?«, fragte er hoffnungsvoll.

Ich hob nur kurz die Schultern und ging dann meiner Mutter entgegen.

Hinter mir hörte ich, wie Philipp den Motor startete und davonfuhr.

»Flora, wo um alles in der Welt bist du gewesen? Und wer war das da eben im Auto? Dieser Philipp? Weißt du eigentlich, dass ich vor Sorgen fast umgekommen bin? Tobias und Jan suchen dich überall.« Sie sah tatsächlich so aus, als hätte sie einen nervenaufreibenden Tag hinter sich: Ihre Wangen glühten hellrot, Schweiß stand ihr auf der Stirn, ihre Wimperntusche war verschmiert. So kannte ich meine sonst wie aus dem Ei gepellte Mutter nicht.

»Hä? Warum suchen die nach mir?«, fragte ich sie völlig entgeistert.

Meine Mutter schnappte nach Luft. Dann schaute sie mich forschend an. »Weil du verschwunden warst, ohne ein Wort! Wo bist du gewesen? Es ist Nachmittag und du warst wie vom Erdboden verschluckt. Ich habe dich mindestens zehn Mal angerufen, bevor ich kapiert habe, dass dein Handy in deiner Strandtasche liegt, die jedoch in deinem Zimmer steht. Mit allem drin ... dein Buch, dein Geld, einfach alles. Ich habe mir solche Sorgen gemacht, Flora! Wieso hast du denn nicht Bescheid gegeben, wo du bist?«

»Sorry, Mama. Ich hab die Tasche halt einfach vergessen. Das kann doch mal passieren.« Einerseits hatte ich ein schlechtes Gewissen, andererseits hatte ich ihr doch beim Frühstück gesagt, dass ich Ruhe und Zeit für mich haben wollte. Sollte ich mich für jede Kleinigkeit bei ihr abmelden? Ich war doch kein Kind mehr!

Die Augenbrauen meiner Mutter schnellten in die Höhe. »So? Und was hast du dann den ganzen Tag gemacht? Am Strand warst du jedenfalls nicht. Dort habe ich nämlich nach dir gesucht.«

Ich verstand einfach nicht, warum sie so von der Rolle war. »Mama, reg dich ab! Ich war doch gar nicht den ganzen Tag weg. Nur ein paar Stunden! Und das hatte ich dir doch gesagt. Dass ich alleine sein wollte, erinnerst du dich? Was soll das hier also? Ich war unterwegs, hab die Insel erkundet. Sonst machst du doch auch nicht gleich so ein Theater, wenn ich mal länger fort bin. Ich meine, wir sind auf Rügen, nicht in Guatemala, Istanbul oder was weiß ich wo Gefährliches.« Ich verschränkte die Arme vor der Brust.

»Mit wem hast du die Insel erkundet, Flora?«

»Mit Philipp. Und jetzt gehe ich erst einmal duschen«, murmelte ich und wollte mich an ihr vorbei ins Haus drängen.

Meine Mutter schnappte bei Philipps Namen nach Luft. »Wir haben heute so einiges über diesen Philipp erfahren, das uns sehr befremdet hat!«, ließ meine Mutter schließlich die Bombe platzen.

Mein Nacken versteifte sich. »Wir? Wer ist wir? Und was hat euch befremdet?«

Meine Mutter wollte mir die Hand auf die Schulter legen, doch ich wich zurück. »Wovon redest du eigentlich?«

»Lass uns bitte reingehen, Flora, und uns in Ruhe über alles unterhalten«, schlug sie vor.

Ich schüttelte heftig den Kopf. »Ich rühre mich nicht von der Stelle, bevor du mir nicht endlich sagst, was hier los ist.«

Meine Mutter atmete so tief durch, dass ihre Nasenflügel flatterten.

»Stimmt es, dass du diesen Philipp erst hier auf der Insel kennengelernt hast?«

Ich schluckte. Daher also wehte der Wind. Sie war hinter meine bescheuerte Lüge gekommen. Aber warum sie deshalb dermaßen am Rad drehte, verstand ich nach wie vor nicht.

Schuldbewusst verzog ich das Gesicht. »Mama, ich weiß, dass das echt kindisch von mir war. Es stimmt, ich habe ihn erst hier kennengelernt, aber ...«

Die Hand meiner Mutter ging abrupt in die Höhe.

»Warte! Dann stimmt es also wirklich, dass er dir am Strand aufgelauert und dir dann deine Handynummer abgeschwatzt hat?«

Ich schluckte noch mal schwer. »Wer hat dir denn so einen Schwachsinn erzählt?«

»Isabel, die junge Frau aus der Ferienhausvermietung. Sie hat Tobias vorhin angerufen, um ihm zu erzählen, dass sie dich mit Philipp zusammen am Kap Arkona gesehen hätte. Sie wollte uns vor ihm warnen. Er ist hier auf der Insel dafür bekannt, dass er sich an jedes harmlose Urlaubsmädchen ranmacht.«

Isabel. Schon wieder. Diese blöde Ziege verfolgte mich und machte mir seit Tag eins auf Rügen das Leben schwer – dabei kannte ich sie nicht einmal! Langsam sah ich ein, dass es zwecklos war, weiterhin zu leugnen.

»Ja, es stimmt, Mama. Ich war heute mit Philipp zusammen. Erst sind wir am Kap Arkona gewesen. Ich hatte aber keine Lust, Philipps Freunden beim Tauchen zuzusehen, und deshalb hat er mir dann noch ein wenig die Insel gezeigt. Das war's. Ich weiß echt nicht, warum diese Isabel meint, Philipp so schlechtmachen zu müssen! Und euch vor ihm zu warnen ...! Das ist ja wohl der größte Blödsinn überhaupt. Philipp ist kein mieser Kerl.«

»So?« Meine Mutter musterte mich misstrauisch. »Dann habe ich mir wohl nur eingebildet, dass du dir seinetwegen die Augen ausgeweint hast?«

Verdammt. Natürlich glaubte sie immer noch, dass ich wegen Philipp so am Boden zerstört und verletzt gewesen war. Diese blöde Lügerei!

Mit stiegen die Tränen in die Augen. Keine Ahnung, warum. Aus Scham? Wut? Hilflosigkeit?

»Ist meine Tasche in meinem Zimmer?«, fragte ich mit tonloser Stimme.

Meine Mutter nickte.

»Danke«, erwiderte ich und ging ins Haus.

»Flora?«, sprach meine Mutter weiter. Sie hielt mit mir Schritt und versuchte, bei ihren nächsten Worten einfühlsam, aber bestimmt zu klingen. »Tu mir bitte den Gefallen und halte dich von diesem Philipp fern. Er tut dir nicht gut und ich möchte nicht, dass er dir noch mehr wehtut, als er es eh schon getan hat.«

Ich antwortete nicht. Blieb nicht einmal stehen, ich marschierte direkt in mein Zimmer, schloss die Tür hinter mir, hob die Tasche vom Boden und kramte mein Handy hervor. Mit zittrigen Fingern suchte ich Philipps Nummer aus meinem Anrufprotokoll heraus und wählte sie.

Es klingelte ... und klingelte ...

Dann sprang seine Mailbox an.

»Hi! Leider habe ich gerade etwas Besseres zu tun, als an mein Handy zu gehen. Entweder ihr probiert es später noch mal oder hinterlasst eine Nachricht nach dem Piepton.«

So ein Mist! Ich schmiss mich der Länge nach aufs Bett und vergrub mein Gesicht im Kopfkissen. Ich hörte in meiner Vorstellung schon, was Sabrina zu den Ereignissen der letzten Tage sagen würde: Was für eine total abgefahrene Story!

Und so war es auch, total abgefahren. Und leider auch echt verworren und beschissen.

Mein Handy klingelte.

Als ich ranging, gab ich Philipp nicht mal Zeit für eine Begrüßung: »Schön, dass du zurückrufst, ich hätte da nämlich mal eine Frage an dich!«

»Schieß los!«, forderte er mich auf. Ich konnte ihn regelrecht vor mir sehen, seine funkelnden Augen, ein Lächeln in den Mundwinkeln, womöglich ein wenig spöttisch, aber bestimmt nicht überheblich.

»Ist es deine Taktik, jedes harmlose Urlaubsmädchen am Strand aufzureißen, das nicht bei drei auf den Bäumen ist. Bin ich dein aktuelles Opfer?«

»Nein«, sagte er überrascht. »Wie kommst du darauf?«

»Isabel«, sagte ich einfach nur.

Er lachte bitter auf. »Okay, jetzt wird mir so einiges klar. Was hat sie denn diesmal so von sich gegeben?«

»Sie hat meinen Bruder angerufen. Meine Mutter ist völlig aus dem Häuschen, weil sie denkt, ich bin dem schlimmsten Womanizer der Insel auf den Leim gegangen.«

»Verdammt«, fluchte Philipp ärgerlich. »Ich habe wirklich gedacht, so langsam hätte sie es kapiert. Aber scheinbar kriegt sie das mit unserer Trennung nicht in den Kopf. Aber jetzt verstehe ich das auch mit Jan, sie macht es wie du.« Er lachte komisch auf. »Völlig verrückt, das Ganze, echt. Sie will mich mit Jan eifersüchtig machen.«

»Du meinst, so wie ich Jan mit dir eifersüchtig machen wollte?«

»Ich schätze, das trifft zu.«

»Das ist … absurd. Total. Völlig verrückt. Wie in einer schlechten deutschen Komödie«, stellte ich fest.

»Ja, ich fürchte, das ist es.«

Einen Moment schwiegen wir. Mir schwirrte der Kopf. Was für eine verrückte Story, konnte ich nur immer wieder denken.

Dann sagte Philipp schließlich: »Es tut mir leid, Flora. Ich werde mit Isabel reden und ihr klipp und klar sagen, dass sie dich in Ruhe lassen soll.«

»Okay«, erwiderte ich dankbar. Und nach einer kurzen Pause fügte ich hinzu: »Wie lange wart ihr eigentlich zusammen?«

Er seufzte tief. »Schon immer. Wir sind sozusagen zusammen aufgewachsen. Ich schätze, wir waren beide so um die 14, als dann aus Freundschaft Liebe wurde. Klingt irgendwie unwahrscheinlich und verdammt schmalzig, ich weiß, aber es war nun mal so.«

»Nein, finde ich überhaupt nicht«, versicherte ich ihm und musste unwillkürlich an Jan und mich denken. Auch wir kannten uns schon eine halbe Ewigkeit und plötzlich – quasi Knall auf Fall – hatte ich mich in ihn verliebt. Dass Philipp etwas sehr Ähnliches erlebt hatte, machte ihn mir automatisch noch vertrauter.

»Wie auch immer«, fuhr er nun sehr sachlich fort. »Das ist längst vorbei. Die Trennung war alles andere als schön.« Ich merkte, dass ihm das Thema unangenehm war.

Es entstand eine kleine Pause, bis Philipp sich schließlich räusperte und leise fragte: »Denkst du, wir sehen uns noch mal, bevor du wieder nach Göttingen fährst, oder hast du genug von mir, nach dem ganzen Isabel-Stress?«

Hatte ich genug von Isabel? Eindeutig ja! Aber was konnte Philipp dafür, dass er eine so durchgeknallte Ex hatte? Nichts!, fand ich.

»Ich würde echt gern noch immer die Sache mit dem Schnorcheln ausprobieren.«

Philipp lachte leise. »Das klingt nach einer zweiten Chance.«

»Absolut!«

»Morgen um zwölf? Dort, wo ich deinen Talisman gefunden habe?«

»Abgemacht!«, entgegnete ich.

Als ich auflegte, fühlte ich mich wie befreit. Philipp war kein mieser Aufreißer. Im Leben nicht. Dazu hatte er sich mir gegenüber viel zu korrekt verhalten. Aber diese Isabel, die schien wirklich kein Geschenk zu sein.

Ein leises Klopfen an meiner Zimmertür ließ mich von meinem Buch aufschauen.

»Ja?«

Tobi steckte den Kopf zur Tür herein. Er lächelte schief. Seine Stimme klang beinah schüchtern, als er sich neben mich aufs Bett setzte und sagte: »Ma hat ganz schön übertriebenen Stress verbreitet. Tut mir leid, Flo! Ich hab ihr gleich gesagt, dass das Schwachsinn ist und diese Isabel nicht ganz gerade läuft, aber du kennst ja Ma. Sie ist fast durchgedreht vor Sorge. Nur deshalb sind Jan und ich los.«

Ich schaute ihn hoffnungsvoll an und schaffte es sogar

zu lächeln. »Dann glaubst du diesen Blödsinn über Philipp also auch nicht?«

Mein Bruder zögerte. »Nicht wirklich. Okay, etwas komisch ist das Ganze schon. Aber ich habe eher den Eindruck, als ob Isabel und dieser Philipp noch eine Rechnung miteinander offen haben.«

Ich nickte erstaunt. So viel Durchblick und Kombinationsvermögen hätte ich meinem Bruder gar nicht zugetraut. »Ja? Was weißt du denn darüber?«, fragte ich dennoch.

Er zuckte mit den Schultern. »Er ist wohl ihr Ex und sie scheint 'nen ziemlichen Frust wegen ihm zu schieben. Die ist ziemlich schräg drauf. Sie baggert wie blöd an Jan herum, aber irgendwas ist an der echt seltsam.«

Ein kleiner schmerzhafter Stich traf mich mitten ins Herz. Ich schloss für einen raschen Moment die Augen. Als ich sie wieder öffnete, schaute mein Bruder mich besorgt an.

»Alles okay bei dir?

Ich holte tief Luft und nickte. »Ja, klar doch. Wenn ich ehrlich bin, dann weiß ich nur auch nicht, was ich von dem Ganzen halten soll.«

Tobias legte mir unbeholfen die Hand auf die Schulter. »Flora, ich hab das vorhin auch schon zu Jan gesagt, wir sind hier, um Spaß zu haben. Sonne, Strand, Meer, eben das volle Programm. Ich finde, wir sollten zu dem Ex-Dreamteam ein bisschen auf Abstand gehen. In irgend so einen total abgefahrenen Beziehungsstress zu geraten, das braucht keiner, finde ich.«

Ich nickte. Dachte aber gleichzeitig daran, dass ich

Philipp gerne wiedersehen würde. Nur eben ohne den Isabel-Faktor.

»Wenn du meinst ...« Mein Bruder erhob sich. »Dann wäre das ja geklärt.« Er blieb unentschlossen vor meinem Bett stehen.

»Flo? Eigentlich wollten Jan und ich später noch zum Surferstrand. Da findet heute Abend 'ne Party im Surfer-Paradies statt.« Er stockte, vergrub seine Hände tief in den Hosentaschen und schien sich absolut nicht sicher zu sein, ob er weiterreden sollte oder besser nicht.

»Und ...?«, forderte ich ihn auf, obwohl ich ahnte, was gleich folgen würde. Ich sollte mit unserer Mutter zusammen das Feld räumen, damit er später noch irgendein Mädchen aufreißen konnte.

»Na ja«, druckste er herum. »Ich dachte, dass du vielleicht Bock hast mitzukommen?«

Ich hob eine Augenbraue und legte theatralisch die Hände ans Gesicht. »Ich? Du fragst mich wirklich, ob ich mitkommen möchte?«

Er lachte. »Hey, jetzt tu nicht so, als ob das noch niemals vorgekommen wäre«, beschwerte er sich.

Ich grinste breit. »Bruderherz, es ist noch niemals vorgekommen.« Ich dachte kurz nach. War ich in der Lage, mit Tobi und Jan auszugehen? Mit Jan in einem Auto, auf einer Party? Womöglich trafen wir dort auf Isabel – eventuell aber auch auf Philipp. Ich holte tief Luft. Na und? Ich wollte mich nicht länger verkriechen. Also nickte ich. »Ich komme gerne mit. Danke.«

Er lächelte und machte eine wegwerfende Handbewegung. Doch im Türrahmen blieb er stehen und schaute mich mit einem undefinierbaren Blick an. »Was ich dir übrigens noch sagen wollte, Schwesterchen, ich kenne jede Menge Typen, die auf dich stehen. Aber die müssen halt erst mal an mir vorbeikommen und das ist bisher noch keinem gelungen.«

Ich starrte ihm nur mit offenem Mund hinterher – aber bevor ich meine Sprache wiedergefunden hatte, war der Türrahmen leer.

10

Die Abendsonne tauchte den Strand in ein warmes, fast goldenes Licht. Die Strandkörbe waren bis auf einige wenige verwaist. Möwen staksten zwischen ihnen umher, auf der Suche nach Essensresten der Badegäste. Unten am Wasser hockten ein paar Leute im Sand und blickten auf das Meer hinaus. Vom Surfer-Paradies schallte Musik herüber, *Mirrors* von Justin Timberlake. Das Lied war nicht sein neuestes, aber einer meiner absoluten Lieblingssongs. Er passte einfach perfekt zu meiner Stimmung. Denn ich hatte beschlossen, dass die alte, zerbrechliche und verletzte Flora der Vergangenheit angehörte.

Ich stand unterhalb der Dünen auf dem sandigen Holzsteg und atmete die noch immer warme Meerluft tief ein. Nach den ganzen Aufregungen und Wirrungen dieses Tages hätte ich nicht gedacht, dass er so ausklingen würde ... so entspannt und versöhnlich.

Ich war völlig in meine Gedanken versunken, als plötzlich Jans Stimme direkt neben mir erklang. »Flora?«

Ich zuckte zusammen. Ich hatte Jan und Tobi irgendwo im Getümmel der Strandbar vermutet und keine Ahnung, wie lange er schon dastand.

»Entschuldigung, ich wollte dich nicht erschrecken.«

Ich biss mir auf die Unterlippe. »Schon okay«, murmelte ich.

»Können wir reden?«

Verletzlich stand er dort und irgendwie unsicher. Plötzlich war ich bei Jans Anblick in diesem goldenen Licht, das seine Haare und seine Augen auf besondere Art zum Leuchten brachte, nicht sicher, ob ich in seiner Gegenwart schon die neue, starke Flora sein konnte. »Über was?«

Vorsichtig berührte er meine Schulter und prompt lief mir ein heißer Schauer über den Rücken. »Über uns?«

»Warum?« Ich schluckte schwer. »Zwischen uns ist doch alles geklärt.«

Schwer seufzend fuhr er sich mit der freien Hand durch das Haar, das ihm sofort wieder in die Augen fiel.

Warum muss das mit der Liebe nur so verdammt verwirrend sein? Warum muss Jan so nett sein, so einfühlsam? Warum ist er kein Arsch, der mir mutwillig das Herz gebrochen hat? Vielleicht wäre ich dann schon längst über ihn hinweg. Warum bin ich stattdessen in seiner Gegenwart zu keinem klaren Gedanken in der Lage?

»Das stimmt doch nicht«, behauptete er. »Es tut mir leid, dass es jetzt so zwischen uns ist. Ich weiß einfach nicht, wie ich mich dir gegenüber verhalten soll.«

Ich entfernte mich einen Schritt von ihm, sodass seine Hand von meiner Schulter glitt.

»Du sollst dich gar nicht verhalten, Jan, du sollst einfach so tun, als ob alles wie immer wäre«, wisperte ich.

Er kam wieder auf mich zu, stellte sich direkt vor mich, schirmte die Sonne mit seinem Rücken von mir ab. Es fühlte sich so an, als seien wir allein am Strand, auf der Insel, auf der ganzen Welt. Es gab nur ihn und mich und er blickte mir tief in die Augen.

»Flo, bitte, sei doch nicht so.« Dann hob er die Hand und strich mir mit einer zärtlichen Geste die Haare aus dem Gesicht. Schmetterlinge flatterten in meinem Bauch auf. »Ich mag dich«, offenbarte er mir mit rauer Stimme. »Mehr, als ich es mir selbst eingestehen wollte. Aber Tobi würde ausflippen, wenn ...«

Mein Rücken versteifte sich. Jegliches schmetterlingsleichtes Gefühl hatte sich verflüchtigt. Stattdessen spürte ich dort nun einen dicken Klumpen, der mich schmerzhaft auf den Boden der Tatsachen zurückbrachte.

»Tobi? Du magst mich. Aber was die anderen denken, das ist dein Problem?«, flüsterte ich. »Wenn das so ist, dann mach dir nicht mehr die Mühe, mit mir zu sprechen. Jetzt ist zwischen uns wirklich alles geklärt.« Dann wandte ich mich ruckartig um und ging Richtung Musik.

»Warte! Flo!«, rief er mir hinterher.

Aber ich dachte gar nicht daran. Ich würde jetzt zu meinem Bruder ins Surfer-Paradies gehen und Party machen. Und zwar richtig. Wenn ich Glück hatte, dann spielten sie für mich noch einmal *Mirrors* und dann, ja, dann würde ich so richtig aufdrehen.

Vielleicht traf ich ja auf Philipp, wer weiß. Dann konnte ich mir mit ihm zusammen den ganzen Frust von der Seele tanzen. Mir war es gerade völlig egal, was Tobias oder Jan davon hielten, und die Bitte meiner Mutter sowieso. Philipp tat mir wenigstens nicht ständig so weh wie Jan.

Energisch drückte ich die Holztür zur Strandbar auf und tauchte in eine andere Welt ein. Die Musik umschloss mich vollkommen – hier war es laut und heiß und es wimmelte von lässigen, braun gebrannten Typen, coolen Surfern, bildschönen Mädels. Genau das brauchte ich jetzt: Spaß, Freiheit, eben das pralle Leben.

Die Bar war nicht sehr groß. Links von mir war ein Tresen aus Bambus aufgebaut, an dem am laufenden Band Cocktails gemixt wurden. Dort hatten sich mehrere Grüppchen versammelt. In einer meinte ich meinen Bruder entdeckt zu haben, doch als der große dunkelhaarige Typ sich kurz zu mir umdrehte, erkannte ich meinen Irrtum. Tobias stand wesentlich weiter hinten im Raum, in einer etwas schummrigen Ecke, wo das zuckende Licht der Tanzfläche nicht mehr hinreichte.

Er flirtete offensichtlich gerade mit einer dunkelhaarigen Schönheit in knallengem Tank-Top und Jeans. Ich schätzte, wenn ich jetzt neben ihm auftauchte, würde ihm das ganz und gar nicht schmecken.

Also steuerte ich durch eine Gruppe von fröhlich lachenden und trinkenden Leuten hindurch den DJ an.

Lächelnd beugte ich mich über sein Mischpult und rief: »Darf ich mir einen Song wünschen?«

Er grinste breit und nickte.

»Aber du hast ihn gerade schon gespielt. Ich hab ihn nur leider verpasst ...«

»Sag an!«, verlangte er lässig.

»Mirrors von Justin Timberlake.«

Er nickte. »Geht klar.«

Ich strahlte. »Echt? Cool.«

»Einem hübschen Mädchen kann ich einfach nichts abschlagen«, erklärte er und zwinkerte mir zu. In mich hinein grinsend ging ich rüber zur Tanzfläche. Es lief zwar gerade ein Song, den ich nicht so wirklich cool fand und der eigentlich auch zu langsam war, um alleine dazu zu tanzen, aber ich wollte endlich eintauchen in diesen Abend, ohne weiter meinen Gedanken und Jans Worten draußen am Strand nachzuhängen.

Ich schloss die Augen und gab mich ganz und gar der Musik hin. *Lying Eyes,* ein alter Song von den Eagles, lief. Sabrina stand verrückterweise auf die eher oldschoolige Band aus Kalifornien.

Sabrina. Wie sehr ich mir doch wünschte, sie jetzt hierzuhaben! Mit ihr zu tanzen und zu lachen und Spaß zu haben und alles, was gerade schieflief, zu vergessen. Philipp und sein seltsames Geständnis, von dem ich nicht wusste, was ich davon halten sollte. Meine Mutter, die so besorgt um mich war. Jans Worte, die allen Kummer und Herzschmerz wieder hervorgeholt hatten. Und Tobi, der irgendwie als Einziger heute die richtigen Worte gefunden hatte.

Ich wiegte mich im Rhythmus der Musik und vergaß zunehmend die Welt um mich herum. Ich weiß nicht, wie viele Songs ich so alleine vor mich hin tanzte, doch dann spürte ich plötzlich einen Arm, der sich um meine Taille legte. Verwundert öffnete ich die Lider und blickte in Jans tiefblaue Augen.

»Einen Tanz, Flo«, flüsterte er mir ins Ohr und zog mich an sich. »Nur einen Friedenstanz.«

»Jan, ich kann nicht. Ich ... das ist einfach zu schwer für mich, okay?« Ich stemmte mich mit den Händen gegen seine Brust und wandte den Kopf zum Tresen, wo eben noch Tobi und seine dunkelhaarige Eroberung gestanden hatten.

»Wo ist mein Bruder?«

Jan lächelte. »Rausgegangen. Und so schnell wird er auch nicht zurückkommen.«

»Ich kann nicht mit dir tanzen«, zischte ich. »Ich kann einfach nicht, verstehst du das nicht? Es tut zu sehr weh, okay?«

Er seufzte schwer. »Warum musst du eigentlich immer alles so kompliziert machen?«

»Ich?!«

»Ja, du!« Er nickte. »Können wir nicht einfach nur tanzen? So wie früher.« Und so wie er mich nun ansah, so sanft und warm, so wie früher, als wir noch unbeschwert miteinander umgegangen waren, ließ ich es endlich zu. Ein Tanz, mehr nicht. Danach würde mein Herz heilen, das mir jetzt bei seiner Berührung bis zum Hals schlug.

Er zog mich in seine Arme und ich legte locker meine Hände auf seine Schultern. So bewegten wir uns langsam auf der Tanzfläche hin und her. Ich gab mir Mühe, gelassen zu erscheinen, doch mein Herz raste wie verrückt und überschlug sich fast.

»Wann ist das eigentlich passiert?«

»Was meinst du?« Ich lehnte mich etwas zurück und schaute ihm in die Augen.

Er lächelte liebevoll. »Dass du dich in mich verliebt hast?«

»Weiß ich nicht mehr«, behauptete ich und spürte, wie mir das Blut in die Wangen stieg. Mein Herz schlug nun so heftig, dass ich glaubte, Jan müsse es trotz des Beats der Musik hören.

»Aber keine Sorge, das ist längst wieder vorbei«, fügte ich noch schnell hinzu.

Er blickte mich an. »So? Ist es das?«

Ich verstand nicht, was die Frage sollte, was er damit bezweckte. Er wollte doch, dass alles wieder so wie früher zwischen uns wurde.

»Was soll das, Jan?«, sagte ich mit bebender Stimme, die ich kaum noch unter Kontrolle hatte.

Statt einer Antwort beugte er sich zu mir hinunter, legte mir die Hände um den Kopf und küsste mich. Ich war starr vor Überraschung, während sich seine Lippen sanft auf meine legten. Eine unglaubliche Wärme stieg in mir auf. Kroch von den Zehenspitzen langsam in meine Beine, meinen Bauch, meine Brust, meinen Kopf.

Das Lied endete, ein neues begann, irgendjemand rempelte mich im Vorbeigehen an, endlich erwachte ich aus meiner Erstarrung und erwiderte seinen Kuss. Ich drängte mich gegen ihn, vergaß die Welt um mich herum. Meine Fingerspitzen glitten über Jans Gesicht, seine Wangen, ich spürte die feinen Stoppeln an seinem Kinn, seinen Hals und ein tiefes Verlangen, ihm noch näher zu sein, endlich ... genau so hatte ich es mir immer gewünscht und doch war dieser Moment so viel intensiver, unwirklicher, magischer, als ich ihn mir je hätte vorstellen können.

Ruckartig machte Jan sich von mir los, starrte mich aus großen Augen an und schüttelte den Kopf.

»Flora, verdammt, das-das wollte ich nicht«, brachte er wie unter großen Schmerzen hervor. »Das ist nicht fair ... ich bin nicht fair ...« Damit wandte er sich um und verließ fast fluchtartig die Bar. Ich fühlte mich kalt – verlassen. Von der Wärme und sanften Geborgenheit, die ich eben noch bei Jan verspürt hatte, war nichts mehr übrig. Er hatte mir grausam das Herz zerbrochen, und zwar schon wieder und mit Absicht. Wollte Jan etwa nur mal antesten, wie das so war, die kleine Schwester seines besten Freundes zu küssen? Von der er wusste, dass sie total auf ihn stand, sodass sie nichts als Wachs in seinen Händen war? Hatte ich mich so in Jan getäuscht, war er wirklich so mies? So ein verdammtes, elendiges Arschloch?

Ich stand mitten auf der Tanzfläche und verstand die Welt nicht mehr. Meine Lippen brannten, mein Herz fühlte sich taub an und unter mir, so fühlte es sich an, tat sich der Boden auf. Wie sollte es jemals wieder so werden, wie Jan es mir vor dem Tanz versprochen hatte: so wie früher?

Justin begann, meinen Lieblingssong zu singen, und die Tanzfläche füllte sich. Ich rührte mich nicht von der Stelle, inmitten der sich im Rhythmus von *Mirrors* bewegenden Menge. Alle um mich herum hatten Spaß, ließen sich von der coolen Musik mitreißen. Neben mir klatschte ein blonder Typ im Takt des Songs in die Hände, sein Ellbogen berührte mich. Einmal, zweimal, immer wieder, ich wich nicht zur Seite.

Jemand ergriff meine Hand und zog mich mit sich.

»Komm, Flora«, hörte ich eine Stimme sagen.

Wie durch einen Schleier erkannte ich Jan.

»Komm mit mir mit«, forderte er mich auf.

Keine Ahnung, wie ich aus dem Laden gekommen war. Vielleicht hatte Jan mich an der Hand hinausgeführt und dann waren wir Seite an Seite runter zum Meer gelaufen. Ich wusste es nicht mehr, war ihm wohl wie in Trance gefolgt.

Jetzt jedenfalls saßen wir nebeneinander im Sand. Wir sprachen kein Wort, er hatte den Arm um mich gelegt, mein Kopf lag an seiner Schulter. In diesem Moment fühlte es sich so an, als würden wir genau nicht so tun, als wäre es wie früher. Sondern als wäre es endlich so wie nach unserem ersten Kuss, der eben auf der Tanzfläche passiert war.

Bis die Sonne endgültig im Meer versunken war und die Dunkelheit uns wie ein Mantel umhüllte, saßen wir dort.

Draußen auf dem Meer waren kleine Lichter zu sehen, sie wirkten wie Sommersprossen, die in der sanften Brandung flimmerten.

Ich atmete tief durch. Dann hörte ich Jans leise Stimme. »Ich bin so ein verdammter Idiot. Aber weißt du, Flora, seitdem ich kapiert habe, was du für mich empfindest, möchte ich nichts anderes mehr tun als …« Er stockte, als hätte er Angst vor seinen eigenen Worten.

»Was?«, wisperte ich.

»Das!« Mit einem sanften Lächeln küsste er mich auf die Wange, auf den Mundwinkel und schließlich auf die Lippen.

Ich legte meine Arme um seinen Hals und rückte näher an ihn heran. All meine Zweifel waren mit dem Wind aufs Meer hinausgeweht worden. Ich wollte Jan. Ich wollte nicht, dass es zwischen uns wie früher war. Und ich wollte, dass es ihm genauso ging.

Seine Hände glitten zärtlich über meinen Rücken. Ich genoss seine weichen Lippen, seinen Geschmack, spürte seinen Herzschlag. In meinem Bauch begann es zu kribbeln. Ich wünschte mir, der Kuss würde niemals enden, doch irgendwann löste Jan sich vorsichtig von mir und blickte mir tief in die Augen.

»Als ich vorhin erfahren habe, dass du wieder mit diesem Philipp unterwegs bist, bin ich fast verrückt geworden«, gestand er mir.

Ich schüttelte den Kopf. »Aber dazu gab es gar keinen Grund. Philipp ist in Ordnung. Wirklich. Aber nur ein Kumpel. Nicht mehr.«

»Warum verteidigst du ihn so vehement?« Seine Stimme klang verletzt. »Magst du ihn etwa?«

Ich strich Jan eine widerspenstige blonde Haarsträhne aus der Stirn und ließ meine Hand dann auf seiner Wange ruhen. »Ja, ich mag ihn. Er schafft es, mich zum Lachen zu bringen.« Ich stockte, war unsicher, ob ich weiterreden sollte. »Aber ich bin nicht in ihn verliebt, falls du das gemeint hast. Ich bin nur verliebt in dich ...«

»Das ist gut.« Mit einem seligen Lächeln zog er mich erneut in seine Arme. Seine Lippen legten sich auf meine, erst zögerlich, dann immer fordernder, während seine Hände mit meinen Haaren spielten und über meinen Rücken glitten. Jede seiner Berührungen ließ mich erschauern. Überall ging ein Kribbeln über meine Haut. Und ich hatte das Gefühl, dass mir mein Herz jeden Augenblick in der Brust zerspringen würde.

Erneut zog Jan sich von mir zurück, hielt mich mit den Armen ein wenig auf Abstand und sah mich an. Seine Augen waren dunkelblau, fast schwarz, und auch ich hatte das Gefühl, lichterloh zu brennen, so groß war das Glück, das ich gerade empfand.

Aber ...

»Jan«, flüsterte ich. »Aber ... was ist jetzt mit uns?«

Sanft legte er mir den Finger auf die Lippen und drückte mich mit der anderen sacht in den Sand zurück.

Mein Herz explodierte fast, als seine Finger zärtlich meine Lippen umkreisten und dann langsam weiter nach unten wanderten. Er küsste mich und dieser Kuss ließ keinen Zweifel daran, dass er mehr wollte. Jetzt. Hier.

Er drängte sich noch enger an mich, sein Atem wurde schneller. Er wollte mich und auch ich wollte Jan.

Aber ...

»Jan, bitte.« Ich wand mich aus seiner Umarmung und brachte rasch etwas Abstand zwischen uns. »Nicht so. Nicht hier.«

Schwer atmend setzte er sich auf und sah mich bestürzt an. »Flora, das-das wollte ich nicht«, keuchte er. »Ich wollte dich nicht so bedrängen.«

Das Meer trieb nun sanft seine Wellen fast bis zu unseren Füßen. Plötzlich fröstelte ich. Ich traute mich nicht, noch einmal meine Frage zu stellen, und beschloss, Jan morgen zur Rede zu stellen, ihm klarzumachen, dass er sich für mich entscheiden müsste, bevor er mich wieder küssen dürfte.

»Du zitterst ja«, stellte Jan besorgt fest. Er erhob sich und zog auch mich in die Höhe. Seine Arme schlossen sich wärmend um mich.

»Verzeihst du mir, Flora?«, raunte er mir ins Ohr. »Ich wollte nicht so über dich ... na ja, herfallen trifft es wohl am besten. Aber, verdammt, du machst mich einfach total verrückt. Die ganze Zeit schon.«

Ich konnte nur nicken, fand keine Worte. Ich musste nachdenken. Ganz in Ruhe. Warum hatte ich mich Jan entzogen? Das war es doch, er und ich, eng umschlungen, uns leidenschaftlich küssend, was ich wollte. Wonach ich mich sehnte. So lange schon und jetzt trat ich auf die Bremse – warum?

Mitten in der Nacht schreckte ich aus dem Schlaf hoch. Ich hatte geträumt. Etwas Beunruhigendes. Von Jan und mir. Ich hatte in seinen Armen gelegen und mit ihm getanzt. Sein warmer Atem hatte meine Haut gestreift, er hielt mich so fest an sich gedrückt, dass unsere Körper miteinander verschmolzen waren. Wir bewegten uns im Takt, rhythmisch, berauscht voneinander und unendlich glücklich darüber, uns gefunden zu haben, zusammen zu sein.

Es war ein unbeschreiblicher Moment ... so innig und voller Leidenschaft.

»Flora«, hatte er mir ins Ohr geraunt, mit einer Stimme, die wie Musik in meinen Ohren geklungen hatte, wie ein wunderschöner Lovesong. »It was love at first sight ...«

Lächelnd hatte ich zu ihm aufgeschaut und mich in seinen Augen verloren. Sie waren braungrün mit goldenen Sprenkeln – so wie Philipps Augen.

11

Und du bist dir ganz sicher? Ich meine, es war mitten in der Nacht und im Traum und überhaupt und da kann man sich schon mal in der Augenfarbe täuschen«, behauptete Sabrina.

Ich hatte sie gleich früh am Morgen angerufen. Zunächst hatte sie noch verschlafen geklungen, doch als ich ihr von meinem verwirrenden Abend mit Jan und dem mehr als verwirrenden Traum erzählte, war sie schlagartig hellwach geworden.

»Nein, es war Philipp, ich habe ihn klar und deutlich vor mir gesehen«, erwiderte ich verzweifelt. »Was hat das bloß zu bedeuten, Sabrina? Bin ich jetzt völlig irre geworden vor lauter unglücklichem Verliebtsein? In meinem Kopf schwirrt alles. Alles! Dabei müsste ich doch eigentlich vor Glück durchs Zimmer springen, denn der Abend mit Jan war ja wunderwunderschön.«

Ich hörte meine Freundin tief Luft holen. »Ich schätze, dann kann das nur eins bedeuten.«

»Was?«

»Du scheinst irgendwie in beide verknallt zu sein.«

»Aber ...«

»Nichts aber«, fiel sie mir ins Wort. »Die Sache ist ziemlich eindeutig. Träume sind zwar bekanntlich Schäume, aber sie spiegeln auch wahre Gefühle wider. Dafür spricht auch, dass dir Jans Tempo dann 'ne Nummer zu schnell war. Wenn du nur für ihn etwas empfinden würdest, dann hättest du nicht Stopp gerufen, als es gerade angefangen hat, spannend zu werden.«

Mein empörtes Auflachen verunglückte zu einem Grunzen. »Das ist ja wohl der größte Blödsinn überhaupt. Sollte ich mit Jan mitten am Strand ... na ja, du weißt schon, was ich meine.«

»Ha!«, rief Sabrina triumphierend in den Hörer. »Du kannst es ja nicht mal aussprechen. Wenn das kein Zeichen für deine Unentschlossenheit ist, dann fresse ich mein nagelneues Glätteisen. Du weißt, wie ich meine schrecklichen Locken hasse.«

Ich ließ mich mit dem Handy in der Hand rücklings aufs Bett zurücksinken.

»Mist!«, jammerte ich. »Und was mache ich nun? Wie soll es jetzt weitergehen?«

Mal ganz davon abgesehen, spann ich den Gedanken weiter, dass ich mich kaum aus meinem Zimmer traute. Wie sollte ich jetzt gleich mit Jan am Frühstückstisch sitzen, nach dem, was gestern Abend war? Und wenn er nun doch beschlossen hatte, meinem Bruder alles zu gestehen, was ja einerseits super wäre, aber wenn ich nun doch etwas für Philipp empfand ... Oh mein Gott, was für ein Chaos!

»Tja, Jan ist schon ziemlich süß, Flora«, holte mich

Sabrina aus meinen konfusen Gespinsten. »Doch dieser Philipp scheint ja auch ein echtes Sahneschnittchen zu sein. Ich hätte jetzt spontan gesagt, entscheide dich für den, der leichter verfügbar ist. Aber da dieser Philipp ja in Göttingen studiert, herrscht in diesem Punkt Gleichstand. Wobei, wenn ich es mir recht überlege, dann ist es vielleicht doch ein Punkt für Philipp. Dass er ausgerechnet in Göttingen studiert, könnte man ja fast schon wieder als einen Wink des Schicksals bezeichnen.«

Innerlich stöhnte ich auf. Zwar hatte sie mich aus meinen chaotischen Gedanken geholt, allerdings nicht unbedingt, um diese zu sortieren.

»Na toll«, murrte ich. »Und warum erwähnst du es dann überhaupt, wenn es mich eh nicht weiterbringt? Und überhaupt: ›leichter verfügbar‹?! Im Ernst? Danach würdest du dein Herz entscheiden lassen?!«

»Hallo!?«, rief meine Freundin ins Telefon. »Vielleicht muss ich selbst erst mal nachdenken. Schließlich habe ich bis vor wenigen Minuten noch friedlich schlafend in meinem Bett gelegen und nun soll ich dein Liebesleben mit einem Fingerschnipsen wieder in Ordnung bringen oder was. Bin ich Superwoman?«

Ich schüttelte den Kopf, was Sabrina natürlich nicht sehen konnte und sich deshalb erkundigte: »Hey, bist du noch dran?«

»Ja, bin ich, Superwoman«, entgegnete ich.

»Und warum sagst du dann nichts?«

Ich seufzte tief. »Weil ich mich ja selber nicht verstehe! In meinem Kopf herrscht das totale Chaos. Ich fasse das alles nicht. Ich dachte, ich würde total durchdrehen vor Glück, wenn aus Jan und mir wirklich was wird. Und dann sieht alles danach aus und was passiert: Ich träume ausgerechnet von Philipp. Und gleichzeitig habe ich keine Ahnung, wie ich Jan gleich beim Frühstück unter die Augen treten soll, weil das mit ihm und mir objektiv echt 'ne Nummer zu kompliziert ist. Wie verrückt ist das denn bitte schön?!«

Sabrina schnalzte mit der Zunge. »Na ja, irgendwie passt es zu dir.«

»Wie bitte?«

»Flora, Süße, du weißt, ich hab dich irre doll lieb und du bist meine allerbeste Freundin, aber du neigst leider zur Dramaqueen und entscheiden konntest du dich auch noch nie besonders gut.«

Ich schoss in die Höhe. »Was? Das stimmt doch gar nicht!«, regte ich mich auf. »Das stimmt sogar absolut gar nicht. Kein bisschen. Ich fasse es nicht, dass du ...«

»Floooora ... hallo, beruhig dich«, fiel mir Sabrina ins Wort. »Das ist es ja wiederum, was dich so liebenswert macht. Alle wissen das. Und wenn du ehrlich bist, du auch. Aber darum geht es jetzt nicht, sondern darum, auf dein Herz zu hören ... und ja, okay, vielleicht nicht nur nach Verfügbarkeit zu gehen.« Sie gähnte.

Mir lagen jede Menge Erwiderungen auf der Zunge, warum ich bestimmt keine Dramaqueen war – niemals!, doch sie hatte recht, darum ging es jetzt nicht.

»Du klingst echt wie so eine 0190-Telefonpsychologin. Und wie stelle ich das bitte schön an?«, murmelte ich. »Ich meine, wie höre ich auf mein Herz, wie kapiere ich, was es wirklich will, für wen es mehr schlägt? Sabrina, ich bin total ratlos!«

»Indem du Zeit mit ihnen verbringst«, sagte Sabrina. »Natürlich getrennt voneinander. Bloß kein Dreier-Date. Das könnte böse enden, wenn sich beide richtig reinhängen.«

»Ich habe mich heute mit Philipp zum Schnorcheln verabredet …«

»Schnorcheln? Du?«, rief Sabrina entgeistert dazwischen. »Du traust dich doch nicht mal, im Hallenbad mit dem Kopf unter Wasser zu tauchen!«

»Jetzt übertreibst du aber«, widersprach ich ihr.

»So? Und was war, als du im Kinderbecken nach den Ringen tauchen solltest? Wer hat da 'ne Panikattacke gekriegt? Der Bademeister, Frau Schüller oder warst das vielleicht doch du?«

»Hallo, das war in der vierten Klasse und Frau Schüller war eine schreckliche Sportlehrerin, die meine berechtigten Sorgen kein bisschen ernst genommen hat.«

»Dramaqueen!«, erwiderte Sabrina trocken und lachte.

»Sehr hilfreich«, maulte ich.

»Dazu bin ich da, um hilfreich zu sein. Schließlich haben Sie die Telefonpsychologin angerufen, und eingeschnappt zu sein, bringt jetzt gar nichts.«

»Bin ich nicht«, meinte ich. »Nur immer noch kolossal verwirrt.«

Sabrina seufzte. »Na ja, das bringt uns jetzt auch nicht weiter.«

»Stimmt.« Endlich waren wir wieder einer Meinung. Wenn auch noch keinen Schritt weiter.

»Wenn du dir die Sache mit dem Schnorcheln ernsthaft zutraust, Flora, dann solltest du es durchziehen. Und vielleicht ist es gar nicht so schlecht, wenn du eine Panikattacke kriegst. Dann kannst du gleich mal antesten, wie er sich in so einer Situation schlägt. Edler Retter und so. Für Jan ist das ja nichts Neues, er kennt dich ja schon seit Ewigkeiten und weiß, wie du tickst.«

»Okay, Frau Psychologin, danke für den Tipp. Aber mit einer Panikattacke werde ich nicht dienen können, die werde ich nämlich hoffentlich erst gar nicht bekommen«, erklärte ich.

»Umso besser«, meinte Sabrina. »Dann ab ins Wasser mit dir.«

Meine Mutter fing mich auf dem Weg ins Badezimmer ab. »Guten Morgen, Flora, das passt ja, gerade wollte ich euch wecken, damit wir alle zusammen frühstücken können.« Sie strahlte mich gut gelaunt an. »Der Tisch ist schon gedeckt.«

Ich verspürte nicht den geringsten Hunger. Und ob ich in der Lage war, mit Jan an einem Tisch zu sitzen, ohne dass mir mein Bruder oder meine Mutter etwas anmerkten, davon war ich alles andere als überzeugt.

»Ich wollte eigentlich gleich wieder ins Bett gehen«, versuchte ich, das gemeinsame Frühstück zu umgehen. »Es ist gestern Abend ziemlich spät geworden.«

Doch meine Mutter war unerbittlich. »Also war es schön?«

Schön – ja. Aber alles war verwirrender als je zuvor.

Ich nickte nur, aber meine Mutter war ohnehin schon

auf dem Weg zu Tobis und Jans Zimmer und rief: »Kannst du gerne machen, mein Schatz, aber erst mal wird gefrühstückt.« Sie klopfte an die Zimmertür.

»Jungs! Aufstehen! Frühstück ist fertig!«

Ich verzog mich eilig ins Badezimmer, wo ich auf dem Badewannenrand sitzend versuchte, meinen rasenden Puls wieder einigermaßen unter Kontrolle zu bekommen.

Gestern Abend hatten Jan und ich uns zwar darauf verständigt, Tobias und meiner Mutter noch nichts von uns zu sagen. Wir waren uns einfach nicht sicher, wie sie darauf reagieren würden. Ganz besonders mein Bruder.

Nun war ich aber inzwischen nicht einmal mehr davon überzeugt, ob ich überhaupt ein *Uns* wollte. Da war dieser bescheuerte Traum und Sabrinas Behauptung, die mich verunsicherten. Und wie Jan der Sache mit uns heute Morgen gegenüberstand, war ebenso ungewiss.

Gestern Abend hatte eine andere Stimmung geherrscht. Das Meer hatte gerauscht, die untergehende Sonne die Welt in einem anderen Licht erscheinen lassen, fast ein wenig unwirklich.

Jetzt aber war ein neuer Tag. Hell. Wahr. Greifbar. Und ich hockte auf dem kalten Badewannenrand und schaffte es einfach nicht, ins Licht zu treten.

»Flora, hey, mach mal hin!«, hörte ich meinen Bruder ungeduldig rufen. Es folgte ein dumpfes Geräusch, als ob er mit der flachen Hand gegen die Tür schlug.

»Flooora!«

»Ja, gleich«, rief ich zurück.

»Nicht gleich, jetzt!«

Ich erhob mich, straffte die Schultern und holte noch einmal tief Luft. Dann öffnete ich zaghaft die Tür. Mein Bruder drängte sich an mir vorbei und schob mich unsanft aus dem Bad. Die Tür knallte scheppernd vor meiner Nase zu.

»Geht's noch?!«, schimpfte ich leise vor mich hin, als mir jemand die Hand auf die Schulter legte. Ich fuhr erschrocken herum. Da stand er: Jan. Er sah aus wie immer – und doch seit gestern Abend anders als je zuvor. Seine Haare waren vom Schlaf noch ganz zerzaust, die Augen leicht gerötet.

»Guten Morgen, Flo«, sagte er leise und lächelte mich an.

Ehe ich wusste, was mir geschah, fuhren Jans Finger durch meine langen dunklen Haare. Das »Hm«, das ihm dabei entfuhr, bereitete mir eine Gänsehaut auf dem ganzen Körper. »Ich bin so froh über gestern Abend, Flo.«

»Jan, nicht. Wenn meine Mutter uns ...«

Weiter kam ich nicht, denn unsere Lippen schwebten nun voreinander, sodass sie nicht mehr als einen Hauch voneinander entfernt waren. Ich spürte Jans Atem auf meinen Wangen. Ich wagte es nicht, mich zu bewegen, obwohl es bestimmt besser gewesen wäre. Ewig würde Tobias nicht im Badezimmer bleiben.

Unsere Lippen trafen sich. Ein vorsichtiger Kuss, nicht mehr als ein Angebot, sich jederzeit zurückziehen zu können. Vielleicht war ich mir meiner Gefühle für ihn nicht mehr sicher, aber dieser Kuss, was ich in seinen Armen empfand in diesem Moment, das fühlte sich richtig an. Doch hier konnten wir nicht bleiben, uns nicht weiterküssen. Ich wollte nicht riskieren, dass wir gesehen wurden. Also zog ich ihn zu meinem Zimmer.

Er schloss die Tür hinter sich und dann standen wir uns einen Moment lang gegenüber. Eine aufregende Stille herrschte zwischen uns.

Jans Blick wanderte über mein Gesicht, dann hob er die Hand und strich mir mit dem Zeigefinger sanft über die Wangen, die Lippen, das Kinn und dann langsam den Hals hinunter. Überall, wo sein Finger mich berührte, verursachte er ein aufregendes Kribbeln auf meiner Haut. Ein tiefer Seufzer entwich mir.

Jan lächelte.

»Nachdem wir uns gestern getrennt haben, habe ich noch ewig wach gelegen«, verriet er mir mit rauer Stimme. »Flora, du gehst mir einfach nicht aus dem Kopf. Ich glaube, ich mag dich schon länger, als ich mir eingestehen wollte. Und ich weiß, ich hab dir gesagt, dass das mit uns nicht geht, und das habe ich auch ernsthaft gedacht. Nur inzwischen weiß ich nicht mehr, warum. Was spricht eigentlich dagegen? Tobias wird sich schon an den Gedanken gewöhnen und alle anderen auch. Aber eigentlich ist das auch völlig egal, was die anderen davon halten. Wichtig sind nur wir, unsere Gefühle ...« Er sah mich fragend an, schien auf irgendeine Reaktion von mir zu hoffen. Für den Bruchteil einer Sekunde durchkreuzte Philipp meine Gedanken, aber gegen den leibhaftig vor mir stehenden Jan hatte er keine Chance.

Ich nickte. »Du hast recht, wichtig sind nur wir ...«

Endlich schienen alle Fragen geklärt. Ich machte einen Schritt auf Jan zu, er nahm mein Gesicht in beide Hände.

Wir küssten uns, erst sanft, dann immer leidenschaftlicher, fordernder. Jans Hände glitten über meinen Rücken, schoben das Top hoch und legten sich auf meine nackte Haut, wanderten zu meinem Nacken, kneteten ihn leicht. Ein warmer Schauer überkam mich.

Als sich meine Finger auf seinen Po legten, vergaß sich Jan endgültig und drückte mich sacht aufs Bett. Er schob mein Top noch etwas höher. Sein Mund senkte sich auf meinen Bauch und nun brannte ich lichterloh.

Ja, es fühlte sich verdammt gut an, genau wie ich es mir immer gewünscht hatte. Alles, was ich jetzt wollte, waren seine Lippen, die Wärme seines Körpers. Doch als seine Hand weiter nach unten wanderte, da stützte ich mich abrupt auf die Unterarme und versuchte, mich ihm zu entziehen.

Jan sah mich fragend an, während sein Brustkorb sich heftig hob und senkte.

»Was ist denn jetzt schon wieder, Flo? Ich dachte, das ist es, was du wolltest?« Seine Stimme klang verständnislos, fast ein wenig ruppig.

»Ja«, wisperte ich. »Das wollte ich auch ...«

Weiter kam ich nicht, denn Jan stemmte sich hoch, um mich erneut zu küssen. Ich wandte jedoch blitzschnell den Kopf ab, sodass seine Lippen lediglich meine Wange streiften.

Jan war sichtbar irritiert. Dennoch legte er seine Hände um meinen Nacken, um mich wieder an sich zu ziehen, doch ich wand mich erneut aus seinem Griff.

»Es tut mir leid«, wisperte ich leise und rutschte bis ans Bettende, wo ich mich mit dem Rücken gegen die Wand presste. »Ich-ich kann das nicht ... nicht so. Das geht mir zu schnell, und überhaupt ... Ich ...«

»Ist es doch wegen diesem Philipp?«, fragte er leise.

Ich zuckte mit den Schultern. Ich wusste es ja selbst nicht, was es war.

»Flora, ich verstehe das nicht. Ich verstehe dich nicht!« Jan klang jetzt richtig verzweifelt und wie gerne hätte ich ihn beruhigt und gesagt, dass es in meinem Herzen nur einen gab. Aber seit gestern Nacht war ich mir eben nicht mehr sicher.

Ich zuckte noch einmal lahm mit den Schultern und wagte kaum, ihm dabei in die Augen zu schauen.

Der Blick, den er mit zuwarf, war tief verletzt, ja, fast wütend. Er schloss die Augen. Noch immer schwer atmend erhob sich Jan und ging zur Tür. Er machte den Eindruck eines geprügelten Hundes auf mich, es war schrecklich, ich schämte mich so sehr, ihn wieder von mir gestoßen zu haben, wie schon gestern Abend. Aber nachdem ich nun monatelang auf ihn gewartet hatte, ich Philipp kennengelernt hatte – ging mir nun plötzlich alles zu schnell. Mein Herz, mein Verstand – die kamen bei dieser ganzen Gefühlverwirrung gar nicht mehr mit!

Ein Teil von mir wollte aufspringen, zu Jan laufen, meine Hände um seinen Nacken schlingen und ihm sagen, dass er bleiben solle. Ihn so bestürzt zu sehen, so enttäuscht, zerriss mir fast das Herz. Dennoch blieb ich an die Wand gedrückt sitzen und schaffte es erst, mich aus meiner angespannten Position zu lösen, als sich die Tür leise hinter ihm geschlossen hatte.

Ich biss mir auf die Unterlippe, als würde dieser kleine Schmerz mir dabei helfen, meine Gefühle besser unter Kontrolle zu bringen, die kräftig durcheinandergeraten waren.

Warum hatte ich Jan von mir geschoben? Wegen Philipp? Hatte es Phillip tatsächlich irgendwie in mein Herz geschafft? Oder traute ich Jan insgeheim noch immer nicht? Ging ich sicherheitshalber auf Abstand, weil ich Angst hatte, dass er es sich wieder anders überlegen könnte – mich wieder zurückwies?

Sabrina hatte recht, ich zog das Drama leider an.

Kurze Zeit später betrat ich mit glühenden Wangen die Terrasse.

»Da bist du ja endlich«, stellte meine Mutter fest. »Was hast du denn so lange getrieben?«

Ich konnte nichts erwidern. Mit steifem Rücken setzte ich mich auf den einzigen freien Platz zwischen Jan und Tobias an den Tisch. Auf den beiden anderen Stühlen lagen Tom und Jerry, ich hatte keine Lust und auch keine Kraft, sie zu verjagen, denn das ging selten ohne Probleme vonstatten.

Lustlos kaute ich auf meinem Marmeladenbrötchen herum und trank ein Glas Saft. Ich schaffte es irgendwie, dieses schreckliche Frühstück zu überleben, ohne Jan dabei ein einziges Mal angesehen zu haben. Ob Tobi oder unsere Mutter die angespannte Stille zwischen uns spürten? Sie ließen sich jedenfalls nichts anmerken, während Tobi unserer Mutter vom Surfen vorschwärmte.

Als ich mich schließlich erhob, um meiner Mutter beim Abräumen zu helfen, fragte sie mich nach meinen heutigen Plänen.

Ich wollte nicht mehr lügen, ich war es leid. Bislang hatten mir meine Halbwahrheiten nichts als Ärger eingebracht.

Also sagte ich: »Ich habe mich um zwölf mit Philipp zum Schnorcheln verabredet.«

»Was?« Meiner Mutter fiel fast der geblümte Teller aus der Hand, den sie gerade in der Hand hielt. Und auch Jan gab einen sonderbaren Laut von sich, während ihm das Messer aus der Hand und klirrend auf den Tisch fiel.

»Schon wieder dieser Philipp?«, regte meine Mutter sich auf. »Ich habe dich doch gebeten, dich von ihm fernzuhalten!«

Ich stöhnte genervt auf und stellte dann mit kämpferischer Stimme klar: »Mama, dazu besteht aber absolut kein Grund. Er ist nett und echt harmlos und kein mieser Mädchenverführer oder was auch immer. Das habe ich dir doch gestern schon gesagt. Diese Isabel will ihn nur vor aller Welt schlechtmachen, sie ist das Problem. Außerdem gehen wir nur schnorcheln. Nicht mehr und nicht weniger.« Damit schnappte ich mir den leeren Brötchenkorb und die Saftkaraffe und trug sie ungeachtet ihres weiteren Protestes in die Küche.

Danach verließ ich das Haus und lief hinunter zum

Strand. Ich setzte mich auf das kleine sandige Plätzchen unterhalb des Küstenwaldes und blickte aufs Meer hinaus. Die Gischt der Wellen funkelte im Sonnenlicht. Brandungsflimmern, kam es mir in den Sinn. Passt irgendwie zu meinem aktuellen Herzflimmern.

Um zwanzig vor zwölf lief ich wieder zum Ferienhaus zurück. Ich hatte es doch tatsächlich fertiggebracht, meine Tasche erneut stehen zu lassen, sodass ich sie nun noch schnell holen und dann zu dem vereinbarten Treffpunkt mit Philipp laufen wollte.

Doch in der Einfahrt erwartete mich eine Überraschung.

Jan und mein Bruder. Tobi hielt mich am Arm fest, als ich versuchte, ohne jeglichen Blickkontakt mit Jan an den beiden vorbei ins Haus zu schlüpfen. »Warte, Flo, wir kommen mit.«

»Was? Wie meinst du das?«, krächzte ich erschrocken und hob nun doch den Kopf.

Mein Bruder zuckte entschuldigend mit den Schultern, während Jan offenbar den Boden unter seinen Füßen äußerst spannend fand.

Tobi hingegen tat völlig normal. »Hey, Jan und ich wollen halt auch gern schnorcheln gehen und dein Freund wird schon nichts dagegen haben.«

»Aber-aber ...« Ich blickte Hilfe suchend zu Jan. Das konnte doch unmöglich sein Ernst sein? Doch er starrte weiterhin auf seine Füße, als ob sie das Interessanteste der Welt wären.

»Jetzt mach doch nicht so ’n Ding davon.« Mein Bruder

knuffte mir schmunzelnd gegen den Oberarm. »Schließlich haben wir dich gestern auch mit zu der Party genommen. One good turn deserves another.«

12

Wenn Philipp erstaunt war oder gar enttäuscht, dann ließ er es sich zumindest nicht anmerken.

Er begrüßte mich mit einer freundschaftlich lockeren Umarmung und hielt erst Tobias, dann Jan die Hand zum Einschlagen hin.

Jan musterte ihn mit zusammengekniffenen Augen und schlug dann übertrieben fest ein.

»Wo geht's hin?«, wollte Tobias von ihm erfahren.

»Nach Sassnitz. Allerdings an einen Strandabschnitt, wo relativ wenig los ist. Es geht da langsam in den Naturstrand über und ist deshalb für Badegäste nicht so verlockend. Zum Tauchen und vor allem Schnorcheln allerdings ist es da perfekt.«

Tobi nickte. »Hört sich spannend an. Cool.«

Mein Bruder begegnete Philipp total locker und freundlich, was man von Jan nicht behaupten konnte. Er stand mit verschränkten Armen da und starrte finster vor sich hin. Die Situation war absurd, denn den Grund für Jans miese Stimmung sollte mein Bruder möglichst nicht erfahren. Und Philipp wiederum war auch nicht auf dem neuesten Stand. Er ging immer noch davon aus, dass Jan mir eine Abfuhr erteilt hatte und dass Jan keinen Grund hatte, auf ihn eifersüchtig zu sein.

Und wer war für das ganze Chaos verantwortlich? Ich.

Beim Einsteigen in Philipps Auto jedoch musste auch Philipp und Tobi klar werden, dass irgendwas zwischen Jan und mir im Argen lag. Als ich mich wie selbstverständlich auf den Beifahrersitz setzen wollte, hielt Jan mich zurück.

»Lass mal besser Tobias nach vorne«, knurrte er. Ich schüttelte stumm den Kopf und sank auf den Beifahrersitz.

»Lass Tobias nach vorne.« Jan funkelte mich finster an. »Er hat die längsten Beine.«

Jan hatte mich an der Schulter gepackt und diesmal überlief mich kein schmetterlingsleichter Schauer. Ein Schmerz durchzuckte mich – weil ich daran dachte, wie sehr wir uns gegenseitig wehgetan hatten. Und das innerhalb von gerade einmal drei Tagen.

Von Philipp war Jans fester Griff nicht unbemerkt geblieben.

»Hey, Mann, lass Flora doch vorne sitzen. Wir fahren nicht weit«, versuchte er es diplomatisch.

Jan schien geradezu auf einen Kommentar von Philipp gewartet zu haben, denn er sprang sofort darauf an.

»Was mischt du dich eigentlich ein, wenn ich mich mit Flora unterhalte, hä?« Verächtlich verzog Jan den Mund. Vom Hals kroch ihm langsam die Röte ins Gesicht. So hatte ich ihn noch nie erlebt. Mein Bruder anscheinend auch nicht, denn er klopfte ihm kumpelhaft die Schulter. »Hey, hey, bleib mal locker. Was ist denn dein Problem?«

Jan schluckte schwer. Er sah zwischen Tobias und mir hin und her.

Schließlich ließ er meinen Arm los und wandte sich mit zusammengekniffenen Lippen ab. Er fuhr sich mit beiden Händen durch die Haare und entfernte sich ein paar Schritte vom Auto. Tobias folgte ihm und redete jetzt auf ihn ein. Leider konnte ich kein Wort verstehen, was sie sprachen.

»Was ist denn mit dem los?«, fragte Philipp mich mit gesenkter Stimme. Ich verzog unbehaglich den Mund. Ich konnte Philipp das alles nicht erzählen. Er war ja der Grund für dieses Schlamassel: dass ich Jan erst gestanden hatte, dass ich in ihn verknallt war, und als er dann endlich meine Gefühle erwidert hat, da habe ich ihn von mir geschoben. Und das nur, weil Philipp sich in meinen Traum geschlichen hatte.

Verdammt, Sabrina hatte so was von recht, ich war eine Dramaqueen! Aber ich konnte doch nichts dafür! Als Antwort auf seine Frage hob ich die Schultern. Philipp sah mit gerunzelter Stirn zu Jan und meinem Bruder hinüber und sagte: »Ich schätze, mit Isabel läuft es vielleicht nicht so?« Mir wurde bei seinen Worten übel. Isabel – wie dieser Name mich regelrecht verfolgte. Dabei kannte ich sie nicht einmal wirklich. Drei flüchtige Begegnungen und das hatte mir gereicht. Ich wusste nicht, was aus mir rausbrechen würde, wenn ich ihr leibhaftig gegenüberstehen würde – und nicht nur in einiger Entfernung.

Ob an Philipps Vermutung etwas dran war? War ein Teil des Problems auch, dass Jan etwas von ihr wollte, sie ihn aber hatte abblitzen lassen und er sich dann an mich rangemacht hatte, um über sie hinwegzukommen?!

Jan und Tobias kamen zum Auto zurück. Jans Gesicht war wie versteinert, der Mund nur noch ein schmaler Strich. Ohne ein weiteres Wort stieg er ins Auto ein. Tobi zeigte uns den erhobenen Daumen, lächelte zuversichtlich und rutschte dann neben Jan auf die Rückbank.

Die Fahrt verlief schweigend. Die Anspannung schwebte wie ein Damoklesschwert über unseren Köpfen, sodass niemand wagte, auch nur einen Ton von sich zu geben.

Zum Glück hatten wir schon nach kurzer Zeit Sassnitz erreicht. Philipp lenkte den Wagen kreuz und quer durch den schönen Ort mit seinen mondänen Villen und dem hübschen Fischerhafen, in dem es von Touristen nur so wimmelte. Schließlich erreichten wir eine kleinere Seitenstraße und Philipp bog nach rechts in eine schmale Einfahrt ein. Er stellte den Motor aus.

»Und was wollen wir denn hier?«, fragte Tobias, während er sich in dem kleinen Innenhof umsah.

»Da ich nicht wusste, dass Flora euch zum Schnorcheln mitbringt, habe ich nur für sie und mich Taucherbrille, Schnorchel und Flossen dabei.«

»Und hier gibt es noch mehr davon?«

Philipp nickte und öffnete dann die weiß getünchte Holztür eines Fachwerkschuppens und bat uns, ihm zu folgen. Darinnen verbarg sich ein ganzes Sammelsurium an Tauchersachen. Flaschen, Anzüge, Flossen, Brillen und Schnorchel in allen möglichen Ausführungen und Größen. Alles fein säuberlich entlang der langen Regalwände sortiert. In einer Ecke entdeckte ich diverse Kescher und Netze. Alles sah tipptopp gepflegt aus, so wie der ganze Innenhof und das dazugehörige zweistöckige Reetdachhaus.

Mein Bruder fuhr ehrfürchtig mit der Hand an den Regalböden entlang. »Wem gehört das hier alles? Ich meine, kannst du dich hier einfach so bedienen?«

Philipp nickte. »Meinem Opa. Und natürlich kann ich mich daran bedienen.«

Ich drängte mich an Tobis Seite. »Und warum hat dein Opa so viel davon?« Ich schätzte, dass sich allein fünfzig verschiedene Sauerstoffflaschen hier drinnen befanden. Für den Eigenbedarf brauchte man das bestimmt nicht alles.

Philipp lehnte sich gegen ein Regal mit diversen Flossen und Schnorcheln.

»Er hat bis vor knapp einem Jahr eine Tauchschule hier in Sassnitz gehabt. Das hier«, Philipp deutete mit der ausgestreckten Hand um sich, »sind sozusagen die Reste davon.«

Seine Stimme hatte einen bitteren Klang angenommen. Das war anscheinend auch Tobias nicht entgangen. Jan hingegen stand in seiner Verschränkte-Arme-Position ein paar Schritte von uns entfernt im Schuppen und tat so, als würde ihn das alles hier eher wenig interessieren.

Ich runzelte die Stirn. Mir fiel ein, dass Philipp mir

am Kap Arkona erzählt hatte, dass Isabels Vater, dieser Henning Sander, vor genau einem Jahr angefangen hatte, vieles in Rügen aufzukaufen. Ich fragte mich, ob die Tauchschule dazugehört hatte. Schließlich gehörte dem Sander ja nun offenbar sogar das Boot von Philipps Opa ... und dann überlegte ich, ob es Zufall war, dass Philipps Trennung von Isabel zur gleichen Zeit stattgefunden hatte. Gab es da einen Zusammenhang oder sah ich inzwischen schon Gespenster, sobald irgendwo Isabel involviert zu sein schien?

»Du sagst das so ... na ja, gefrustet«, hakte mein Bruder nach. Erstaunt sah ich mich zu ihm um. Seit wann konnte mein Bruder zwischen den Zeilen lesen?

Doch Philipp behagte das Thema nicht, das war ihm deutlich anzumerken. »Na ja, mein Opa hat damals alles verloren, was er sich in fast 25 Jahren aufgebaut hat.«

»Wie das?«, wollte Tobias wissen.

Gequält verzog Philipp das Gesicht. »War damals 'ne blöde Sache«, murmelte er kurz angebunden und machte sich daran, in dem Regal nach Taucherflossen für Tobias und Jan zu suchen.

Mein Bruder klappte den Mund auf, doch bevor er Philipp weiter löchern konnte, stieß ich ihm meinen Ellbogen in die Seite. »Jetzt lass ihn doch«, zischte ich ihm leise zu.

Er sah mich mit unschuldigen Augen an. »Warum? Man wird doch wohl noch mal fragen dürfen.«

Ich verdrehte die Augen. »Das geht dich doch gar nichts an, Bruderherz.«

Hinter uns rührte sich jetzt etwas. Jan war wohl einen Schritt zur Seite gegangen und dabei gegen einen schmalen Aufsteller aus längst vergangenen Zeiten gestoßen, der dadurch leicht ins Wanken geraten war.

Ich beobachtete, wie er endlich seine verschränkten Arme löste, um das Teil daran zu hindern, dass es umstürzte. Jan sah richtiggehend ungelenk aus, wie er sich bemühte. Ich wusste nicht genau, was es war, vielleicht seine leicht hektische Art, aber ich erkannte eine Unbeholfenheit und Unsicherheit, die für mich neu war.

Sein Blick streifte mich, nur den Hauch eines Moments. In seinen Augen stand Enttäuschung. Das rührte mich so an, dass ich am liebsten zu ihm rübergegangen wäre und ihn in den Arm genommen hätte. Da stand Jan, der Junge, in den ich seit Monaten unglücklich verliebt war, von dem ich geträumt hatte. Bei seinem Anblick war ich regelmäßig dahingeschmolzen, hatte mich nach ihm verzehrt, eine halbe Ewigkeit jetzt schon, und nur weil Philipp plötzlich in den Ferien in mein Leben getreten war und mir seine Gefühle gestanden hatte, die ich vielleicht auch erwiderte, weil er mir die Sicherheit gab, dass er mich wirklich mochte, ich nicht das Gefühl hatte, er würde mit mir spielen, weil er mich zum Lachen und nicht wie Jan immer wieder zum Weinen brachte ... Trotz alldem konnte doch meine Verliebtheit in Jan kein Irrtum gewesen sein? Ich wollte zu ihm gehen. Eine leise Stimme in mir trieb mich an: Er ist es doch, den du willst, den du liebst. Nimm ihn jetzt einfach in den Arm und dann wirst du schon sehen, was passiert.

Ich schloss für einen Moment die Augen, holte noch mal Luft und dann ...

»Habe ich es mir doch gedacht, dass ich euch hier finde«, erklang eine glockenhelle Stimme.

Ich schaute zur Schuppentür. Vom Sonnenlicht umhüllt stand dort Isabel, die wieder einmal so ätzend makellos und perfekt aussah, dass es mir für einen Moment den Atem verschlug. Sie war schlank, hochgewachsen und alles an ihr war grazil und gepflegt. Ihr hellblondes Haar fiel ihr seidig über die schmalen Schultern. In ihrem Gesicht dominierten ganz besonders die auffallend blauen Augen und ihre rosigen, vollen Lippen. Sie trug ein schlichtes weißes Kleid, das sich wie eine zweite Haut um ihren Körper spannte.

Ich starrte sie an und wusste: Gegen diese Isabel in ihrer ganzen Pracht bin ich ein echtes Bauerntrampel. Dazu war sie mindestens einen Kopf größer als ich, wie ich jetzt feststellte, und obwohl ich bestimmt alles andere als dick war, fühlte ich mich im Vergleich zu ihr wie eine Tonne.

Sie kam in den Schuppen geschwebt und lächelte in die Runde, blieb für den Bruchteil einer Sekunde mit ihrem Blick an mir hängen, um sich schließlich Jan zuzuwenden.

»Hallo Jan«, säuselte sie, legte ihre schmale Hand auf seinen Oberarm und hauchte ihm dann einen Kuss auf die Wange.

»Hallo Isabel«, antwortete Jan und erwiderte unsicher ihr Lächeln. Dann schien er in ihren Augen zu versinken. Kein Wunder, bei dem Augenaufschlag, den Isabel ihm zuwarf. Ich fasste es nicht: Die stolzierte hier rein und mit zwei Worten hatte sie Jans volle Aufmerksamkeit.

Der Boden unter meinen Füßen begann, sich zu bewegen. Also war es doch wahr. Isabel und Jan waren eine Tatsache, der ich nun ins Auge blicken musste.

Und was ich vorhin befürchtet hatte, wusste ich jetzt: warum Jan so traurig war, warum er versucht hatte, sich mit mir zu trösten – ihretwegen. Sie war es, mit der er zusammen sein wollte. Nicht ich. Ich war nur der Lückenbüßer, eine Gelegenheit, die sich ihm ohne großartigen Aufwand geboten hatte.

Die Erkenntnis traf mich wie ein brutaler Faustschlag mitten in die Magengrube. Ich torkelte einen Schritt zurück, und wenn mein Bruder mich nicht im letzten Moment am Arm zu fassen bekommen hätte, dann wäre ich wohl in eines der perfekt sortierten Regale gekracht.

»Flo, hey, was machst du denn da?« Er musterte mich besorgt.

»Mir-mir ist nicht gut«, krächzte ich, verließ rasch den Schuppen und entfernte mich, so weit es nur ging, von Jan und Isabel. Ich ließ mich auf die weiße Holzbank sinken, die eingerahmt von farbenprächtigen Blumenkästen neben der Eingangstür des Wohnhauses stand.

Mein Bruder kam mir hinterher und gleich darauf auch Philipp. Tobi legte mir fürsorglich den Arm um die Schulter, während Philipp neben der Bank stehen blieb und mich ebenso besorgt musterte.

»Alles klar bei dir? Ist dir schwindelig geworden?«

Ich schüttelte den Kopf. »Geht gleich wieder.« Dann sah ich Philipp flehend an. »Ich komme schon klar – ich will doch heute endlich schnorcheln gehen!«

Er nickte lächelnd. »Na dann wird es jetzt wirklich Zeit.«

»Ob das so eine gute Idee ist?«, meinte Tobi.

Ich winkte ab. »Ehrlich, mach dir keine Sorgen, das war nur der Kreislauf oder so.« Ich versuchte, tapfer zu lächeln, und blickte dabei vorsichtig auf. Jan und Isabel waren uns nun in den Innenhof gefolgt. Ihre Hand lag auf seiner Schulter. Ich schnappte nach Luft, als mich eine weitere Erkenntnis überkam: Die beiden gaben ein unglaubliches Paar ab. Zwei mit absoluter Schönheit gesegnete Menschen.

Als Philipp nun in den Schuppen zurückging, um die Schnorchelutensilien zu holen, löste sie sich von Jan und folgte ihm.

Mein Bruder nutzte die Gelegenheit, um Jan zur Seite zu nehmen und ihn zu sich zur Bank herüberzuziehen. Er schüttelte verständnislos den Kopf. »Was ist denn das jetzt wieder, Alter? Ich dachte, du willst nichts von der? Warum taucht die jetzt hier auf und tut so, als ob da was zwischen euch läuft? Oder bin ich gerade mal wieder nicht auf dem aktuellsten Stand?«

»Ich habe sie bestimmt nicht hierherbestellt«, knurrte Jan abweisend.

»Tja, dann weiß ich auch nicht, was das Ganze soll.« Tobias zuckte ratlos mit den Schultern. »Aber, na ja, du musst am besten wissen, was du willst.«

»Das weiß ich!«, erklärte Jan mit fester Stimme und sah mich dabei an. Sein Blick war herausfordernd, trotzig – fast triumphierend und sofort zog sich mein Herz schmerzhaft zusammen.

Tobi war sein Blick nicht entgangen. Er zog seine Stirn in Falten, während er völlig konsterniert zwischen uns hin und her sah.

»Was geht hier eigentlich gerade ab? Was ist mit euch los? Da stimmt doch was nicht! Flora kippt fast um, du hast was dagegen, weil sie im Auto vorne sitzen will, und starrst Philipp die ganze Zeit an, als ob du ihm den Kopf abreißen willst.«

Jan schien etwas sagen zu wollen, hob dann aber nur hilflos die Hände und wandte sich ab. »Frag deine Schwester«, brachte er matt hervor. Dann verließ er durch die Einfahrt den Hof und ging zu unserem Auto. Dort lehnte er sich gegen die Kühlerhaube.

»Flora?!«, zischte Tobias mir zu. »Da läuft doch was zwischen euch! Ich bin doch nicht bescheuert.«

Ich biss mir auf die Unterlippe.

»Ey Leute«, stöhnte mein Bruder genervt, »ihr macht mich echt irre.« Er ließ sich wieder neben mir auf die Bank sinken. Ich spürte seine fragenden Blicke. »Was ist los, Flo?«

Ich atmete zitternd ein, antwortete aber nicht.

Mein Bruder musterte mich nachdenklich. »Sag mal, Flora, kann es sein, dass Jan deinetwegen so dermaßen durch den Wind ist?«

Ich konnte seinem Blick nicht länger standhalten, aber ich spürte, wie mir die Hitze in die Wangen stieg.

»Flora, sieh mich gefälligst an und sag mir auf der Stelle, was los ist!«

»Ich-ich mag Jan ...«, wisperte ich leise.

»Was?«

Ich holte tief Luft. »Und er mich anscheinend auch.«

»Was heißt mögen? Und Philipp? Was ist mit dem? Ich dachte, du stehst auf ihn – er ist doch dein Freund?!«

Ich schüttelte den Kopf. »Ich hab nur so getan, um Jan eifersüchtig zu machen.«

Dass die Sache mit Jan und mir und Philipp weitaus komplizierter war, weil sich mein entscheidungsunfreudiges Dramaqueen-Ich anscheinend irgendwie in beide verguckt hatte, ließ ich besser unerwähnt. Mein Bruder sah mich ohnehin schon an, als ob er mich am liebsten direkt in die Geschlossene einweisen würde.

»Sag mal«, schnaufte er, »geht's noch? Wie bescheuert ist das denn bitte schön?! Hast du das in irgendeiner dämlichen Hollywoodschnulze gesehen, oder was?«

Ich sackte noch mehr in mich zusammen. »Es war Sabrinas Idee.«

Erneut schaute ich mich vorsichtig nach Jan um, um sicherzugehen, dass er nichts von unserem Gespräch mitbekam. Aber es sah nicht danach aus.

»Oh, Mann. Typisch Mädchen, echt!«, keuchte mein Bruder. Er schüttelte fassungslos den Kopf. »Und nun? Wie soll das jetzt weitergehen?«

In diesem Moment kam Isabel in den Innenhof zurückgeschwebt und ersparte mir mit ihrer Präsenz eine Antwort. Sie steuerte direkt auf Jan zu und flötete quer über den Hof: »Ja-han? Hilfst du mir mal? Philipp braucht

Hilfe, um unsere Sachen zu tragen.« Dabei lächelte sie honigsüß.

Mir klappte die Kinnlade runter. Unsere Sachen? Hatte ich richtig gehört?

Jan schien das Gleiche zu denken.

»Kommst du etwa mit uns mit?« Jan zog kurz die Mundwinkel nach oben. Er klang irgendwie unsicher, als wisse er nicht, was er davon halten sollte.

Ein Blick genügte und ich wusste: Jan war wirklich ganz schön durch den Wind und brachte vor Isabel vor lauter Verknalltheit nicht mal ein Wort heraus! Isabel schien seine Verunsicherung überhört zu haben, denn ihr Lächeln verlor nicht an Intensität. »Klar doch. Ich war schon ewig nicht mehr schnorcheln. Das lasse ich mir doch nicht entgehen – und dann auch noch mit dir!« Ich schluckte schwer und überlegte gleichzeitig, wie ich aus der ganzen Sache rauskäme. Denn einen Nachmittag, bei dem ich Isabel dabei zusehen musste, wie sie Jan umgarnte, das würde ich nicht aushalten. Zum Weglaufen war es zu spät, es sei denn, ich wollte mich komplett lächerlich machen. Jetzt hatte Philipp endlich alles zusammengesucht und verteilte zusammen mit Jan im Innenhof Schnorchel, Taucherbrillen und Flossen.

»Wir gehen zu Fuß«, erklärte er uns. »Von hier aus sind es nur knapp 200 Meter bis zur Promenade.«

Also setzten wir uns in Bewegung. Philipp vorweg, ich war dicht an seiner Seite. Tobias lief für sich, er machte einen nachdenklichen Eindruck, offenbar versuchte er, das Ganze irgendwie zu sortieren ... Ehrlich gesagt, ich bekam den ganzen Gefühlswirrwarr selbst nicht mehr auseinander.

Dahinter liefen Jan und Isabel. Als ich mich einmal flüchtig umwandte, sah ich, dass sie sich wieder beim ihm untergehakt hatte und Jan sie anlächelte.

Mein Magen zog sich schmerzhaft zusammen. Was um alles in der Welt hatte das wieder zu bedeuten? War das seine Rache, weil ich heute Morgen auf Abstand gegangen war? Oder täuschte Tobias sich und Jan stand doch auf Isabel?

Irgendwie hatte mein Bruder sogar recht: Das hier war wie eine dieser Vorabendschnulzen. Zwei, die andauernd abwartend umeinander herumtänzeln und den richtigen Moment, sich ihre Gefühle zu gestehen, irgendwie verpassen. So ähnlich hatte meine Mutter es doch auch zusammengefasst ...

»Flora, das mit Isabel tut mir leid«, sagte plötzlich Philipp neben mir. Offenbar konnte er Gedanken lesen und im Gegensatz zu Jan bemühte er sich um mich. Philipp tat mir gut, Jan und ich taten einander nur weh, schon wieder.

»Ich hab sie bestimmt nicht eingeladen«, redete Philipp weiter. »Das musst du mir glauben. Aber Isabel hat so eine Art an sich, na ja, sie akzeptiert leider selten ein Nein.«

Ich berührte Philipp kurz an der Hand. »Mach dir keine Gedanken.«

Er lächelte mich an, und eh ich mich versah, hatte er mir den Arm um die Schulter gelegt. Ich ließ es geschehen. Um Jans Gefühle musste ich mir wohl nun keine

Sorgen mehr machen. Er schien superhappy mit Isabel zu sein.

Inzwischen hatten wir die Strandpromenade erreicht. Hier reihten sich Cafés an Cafés, Sonnenschirme an Sonnenschirme und es waren viele Urlaubsgäste unterwegs. Ich ließ meinen Blick zum Wasser schweifen: Immer wenn ich die Weite des Meeres vor mir hatte, öffnete sich auch in mir eine Weite, mir ging förmlich das Herz auf. Der salzige Geruch, die Schreie der Möwen, das Rauschen der Wellen und ich fühlte mich wie in einer anderen Welt, in einer besseren. Für einen kurzen Augenblick versuchte ich, Jan und all die schmerzlichen Dinge, die ich inzwischen mit ihm verband, auszublenden. Weg. Nicht relevant. Hier war das Meer und es tat mir gut. So wie Philipp an meiner Seite.

»Es ist so schön hier.« Ich seufzte und schloss kurz die Augen. »Einfach nur herrlich.«

Philipp nickte. »Ich kann mir keinen schöneren Ort vorstellen. Wobei mich die Welt unter der Wasseroberfläche fast noch mehr fasziniert. Ich bin gespannt, wie es dir gefällt.«

Tobi war neben uns getreten. Eigentlich rechnete ich jetzt mit einem Spruch von ihm, schließlich hatte ich ihm eben meine Gefühle für Jan offenbart. Doch mein Bruder überraschte mich.

»Ja, so ein Haus am Meer wäre echt nicht schlecht«, schwärmte er. Vielleicht wusste er ausnahmsweise endlich mal, dass er in bestimmten Dingen die Klappe halten und sich nicht in das Gefühlsleben seiner kleinen Schwester mischen sollte? Oder er wollte erst mal Jan zur Rede stellen? Vielleicht wollte er sich auch einfach nicht länger den Tag vermiesen. »Wenn ich reich und berühmt bin, dann kaufe ich mir eins.« Er knuffte mir brüderlich gegen die Schulter. »Und wenn du ab jetzt immer schön lieb zu deinem großen Bruder bist, dann darfst du mich später auch hin und wieder in meinem gigantischen Haus am Meer besuchen.«

Ich ging auf seinen Stimmungswandel ein und grinste. »Meine Güte, du bist ja heute wieder großzügig.«

Er deutete eine kleine Verbeugung an. »Tja, so kennt man mich.«

Wir erreichten den Kurplatz, kamen am Freilichttheater vorbei, dessen abgefahrenes Dach mich an eine Walflosse erinnerte. Beschwingt liefen wir weiter. Ich gab mir die größte Mühe, keinen Gedanken an Jan und Isabel zu verschwenden, die hinter uns zurückgefallen waren. Ich versuchte einfach auszublenden, dass sie da waren.

Mittlerweile waren wir an einem ruhigeren, etwas schmaleren Teil der Promenade angekommen und es war wirklich so, wie Philipp gesagt hatte: Hier waren kaum mehr Spaziergänger unterwegs, wahrscheinlich, weil der kleine Strandabschnitt weitab von der bunten Uferpromenade mit ihren Cafés und Kurhallen lag.

Ich genoss den Blick aufs Meer, ließ meine Gedanken schweifen – zu den Dingen, die mir guttaten. Und zu denen gehörte eindeutig Philipp. Er brachte mich zum Lachen und nicht mein Herz zum Zerbrechen. Jan hingegen ließ in einem Moment die Sonne scheinen, sodass ich es fühlte, aber er konnte auch lange Schatten werfen. Und dann wurde es kalt. Bitterkalt.

13

Ich hockte auf einem großen Fels im Wasser und trug einen innerlichen Kampf mit mir aus.

Wenn ich schon an Land nicht in der Lage war, durch den Schnorchel einigermaßen Luft zu bekommen, wie sollte das erst unter Wasser werden? Die vier anderen waren natürlich längst im Wasser und hatten keinerlei Probleme mit dem Luftkriegen. Selbst wenn sie ein gutes Stück unter die Wasseroberfläche hinabtauchten und sogar die Luft anhalten mussten.

Isabel sah aus wie eine Wassernixe, die tagein, tagaus mit den Fischen um die Wette tauchte. Und natürlich bekam sie locker Luft durch den Schnorchel.

Neben mir tauchte Philipp auf. Er war weiter unten gewesen, sodass er jetzt mit einem heftigen Ausatmen das Wasser, das oben in den Schnorchel gelaufen war, wie eine Fontaine rausprustete.

Er schob sich die Taucherbrille auf die Stirn, das Wasser tropfte ihm aus den dunklen Haaren, seine Augen blitzten vor Begeisterung. Wasser war wahrlich sein Element – ganz im Gegensatz zu mir. »Nun komm schon,

Flora. Heute ist das Meer herrlich, kein bisschen braune Brühe. Du kannst alles sehen, wirklich alles. Und du musst auch überhaupt nicht weit runter. Dein Schnorchel bleibt noch über der Wasseroberfläche, sehen kannst du trotzdem wahnsinnig viel.«

»Ja, gleich …«, versprach ich und tat so, als würde ich das Sonnenbad auf dem Stein genießen. Als wäre nur das der Grund, warum ich noch auf dem Trockenen saß.

Isabel tauchte ebenfalls auf. Ihr bereitete die Sache mit dem heftigen Ausamten keinerlei Problem. Sie strahlte mit perfekten schneeweißen Zähnen.

»Jetzt sag nicht, dass du wasserscheu bist?« Ihre Stimme triefte nur so vor Hohn.

Philipp warf ihr einen warnenden Blick zu, doch Isabel war nicht zu stoppen. »Wenn du einen guten Rat willst, dann kann ich dir nur empfehlen, deine sonderbare Phobie schnellstens in den Griff zu bekommen.« Sie machte eine ausholende Bewegung, die das Meer und den hinter ihr schnorchelnden Tobias mit einschloss. »Sonst wird das nichts mit dem Schnorcheln.« Sie grinste mich herausfordernd an.

»Isabel, halt doch einfach mal den Mund«, meinte Philipp ärgerlich.

Sie verzog ihre Lippen zu einem Schmollmund. »Darf ich deiner Flora nicht mal einen guten Tipp geben?«

Ich kniff die Augen zusammen und brachte durch zusammengebissene Zähne hervor: »Erstens bin ich niemandes Flora, zweitens habe ich keine Wasserphobie.« Damit rutschte ich vorsichtig von dem großen Findling. Das Wasser reichte mir an dieser Stelle zum Glück nur bis unterhalb der Brust, ich musste also nicht sofort schwimmen. Hastig rückte ich die Taucherbrille in Position und schob mir das Mundstück des Schnorchels zwischen die Lippen.

Mein Herz raste wie verrückt, hektisch schnappte ich durch diesen verdammten Schnorchel nach Luft. Aber vor Isabel würde ich mir nicht die Blöße geben. Sie war schlimmer als jede tödliche Landplage. Seit wir an der Strandstelle angekommen waren, an der Philipp mit uns ins Wasser gehen wollte, hatte sie keine Gelegenheit ungenutzt gelassen, sich über mich lustig zu machen und mich als komplette Vollidiotin dastehen zu lassen. Schaut euch bloß diese Kleine mit ihren treudoofen Kulleraugen an, die ist echt für alles zu blöd.

Dass ich mich nun nicht traute, mit dem Kopf unter Wasser zu tauchen, weil ich nicht gut darin war, die Luft anzuhalten, war für sie natürlich ein gefundenes Fressen. Ich hatte Angst davor, dass Wasser oben in den Schnorchel lief und ich mich verschlucken würde.

Unwillkürlich musste ich an Sabrina denken. Meine Freundin hatte mir genau das vorausgesagt. Sie kannte mich gut.

Etwas weiter draußen sah ich Tobias gerade auftauchen. Er sah sich nach allen Seiten um, wahrscheinlich musste er sich nach seinem Tauchgang erst mal an der Wasseroberfläche wieder orientieren. Wenn Tobias, das Sportass schlechthin, schon Probleme damit hatte, wie würde es wohl mir gleich ergehen? Wahrscheinlich verlor ich da unten komplett die Orientierung und schwamm aufs offene Meer hinaus.

Tobi tauchte wieder ab und hinter mir hörte ich Isabels Lachen, triefend vor Schadenfreude.

Ich beugte mich leicht nach vorne, berührte mit der Nasenspitze die Wasseroberfläche und schloss sofort die Augen. Ich wollte überhaupt nicht sehen, was sich da unter der Wasseroberfläche so alles tummelte. Ich verspürte nicht die geringste Lust auf Auge in Auge mit einer Qualle, wobei ich nicht einmal wusste, ob Quallen überhaupt Augen hatten. Ja, Isabel hatte verdammt noch mal recht, ich war wasserscheu. Oder anders: unterwasserscheu. Und auch nicht scheu, sondern panisch. Flora, das unsportlichste, unterwasserpanischste Mädchen überhaupt. Das sollte mir so was von egal sein – was kratzte mich diese Isabel? Ich wusste nicht einmal, was ich ihr eigentlich getan hatte, warum sie sich mir gegenüber so feindselig aufführte.

Und was ich am allerwenigsten kapierte, war, was Jan an ihr fand. Ich meine, was nützte einem die ganze strahlende Schönheit, wenn sich hinter der Fassade eine anstrengende, überhebliche Zicke verbarg? Isabels aufgesetztes, höhnisches Lachen hinter mir brachte das Fass schließlich zum Überlaufen. Ich stürzte mich jetzt einfach ins Wasser. Ich tauchte mit ausgestreckten Armen unter, spürte, wie Wasser in den Schnorchel lief, presste die Lippen ganz fest zusammen und wollte sofort wieder auftauchen. Doch dann bemerkte ich plötzlich etwas sehr Großes direkt neben mir. Es streifte meinen Oberarm, meine Taille, mein Bein. Ein Hai? Blödsinn, Flora, das hier war die Ostsee und nicht der Pazifik.

Ich wollte wieder auftauchen, schnell an Land paddeln

und dann nichts wie weg hier. Doch das Große neben mir umfasste meinen Oberarm und hinderte mich am Wegschwimmen. Mein Herz fing an zu rasen. Hilfe!, wollte ich schreien. Doch wenn ich die Lippen von dem Mundstück löste, dann würde ich Wasser schlucken, hatte Philipp mir erklärt. Ich musste die Augen aufmachen. Ich musste mich trauen. Ich musste sehen, mit was ich es da unter Wasser zu tun hatte. Jetzt!

Um mich herum war es gräulich, als ob ich durch ein Glas mit leicht verschmutztem Wasser blicken würde. Ich versuchte, mich zu orientieren. Der Meeresboden war weit unter mir. Philipp hatte gemeint, dass es an dieser Stelle sehr steil abfiel, stehen konnte ich hier nicht mehr. All das registrierte ich, bevor ich begriff, was mich festhielt, wer da an meiner Seite war. Philipp!

Er gab mir mit der freien Hand ein Zeichen. Offenbar wollte er, dass ich ihm folgte. Er deutete auf den Boden unter uns. Doch ich schüttelte den Kopf, ich wollte wieder auftauchen, er sollte mich loslassen! Doch er blieb hartnäckig. Er wollte, dass ich mich auf die Welt unter Wasser einließ und nicht meiner Panik nachgab.

Erneut schüttelte ich den Kopf, ich musste auftauchen, ich musste sehen, wo ich war, und ich musste Luft holen!

Nun nickte er und deutete mit dem Daumen nach oben. Er zog mich am Oberarm mit sich an die Wasseroberfläche.

Prustend stieß ich nach oben und schwamm dann immer noch keuchend mit ihm in Richtung Ufer, bis er mir ein Zeichen gab, dass man hier wieder stehen konnte.

Mit den großen Schwimmflossen war es nicht ganz so einfach, aber ich war heilfroh, wieder Boden unter den Füßen zu haben und vor allem, Luft zu bekommen.

Philipp schob die Taucherbrille hoch und gab das Mundstück des Schnorchels frei. Ich folgte seinem Beispiel und atmete erst ein paar Mal zitternd durch, bevor ich ihn vorwurfsvoll ansah. »Was sollte das denn? Ich wäre fast ...« Meine Stimme versagte mir.

»Flora, du bist in die falsche Richtung getaucht«, erklärte er. »Dort geht es richtig tief runter und außerdem wird es ziemlich felsig. Das habe ich dir doch vorhin alles erklärt.« In seiner Stimme schwang nun ein besorgter Unterton mit. »Beim Schnorcheln immer schön Richtung Strand halten.«

Augenblicklich kam ich mir ziemlich bescheuert vor. Jedes Kleinkind konnte schnorcheln, hatte Philipp vor unserem Schnorchelgang erzählt, und auch mein Bruder, Jan und natürlich Isabel hatten ihm zugestimmt. Schnorcheln konnte jeder.

Nur ich stellte mich mal wieder komplett blöd an.

»Möchtest du es noch einmal in Ruhe versuchen?«, fragte Philipp mich. Er lächelte mich aufmunternd an, doch ich schüttelte nur stumm den Kopf.

»Okay. Tut mir leid, dass Schorcheln nicht so dein Ding ist.« Er legte den Kopf schief und lächelte. »Hast du was dagegen, wenn ich noch ein bisschen im Wasser bleibe? Oder soll ich dich ans Land zurückbegleiten?«

Bis zum Strand waren es keine fünfzig Meter, Philipp schien mich nach dieser Aktion wirklich für völlig unfähig zu halten. Sein Gesicht sprach Bände.

»Das werde ich gerade noch so schaffen«, murmelte ich und watschelte los.

Elegant ging anders, denn mit Flossen durchs Wasser zu laufen, war eine unglaubliche Anstrengung. Dann würde ich eben allein am Strand auf die anderen warten. Philipp war inzwischen längst wieder abgetaucht, Tobias schwamm irgendwo weiter draußen und Jan hatte ich länger nicht mehr gesehen. Ich schwankte Richtung Strand. Doch weit kam ich nicht, da stolperte ich auch schon über eine der Flossen und kippte vornüber.

Und als ob Isabel nur auf die nächste Peinlichkeit von mir gelauert hätte, war sie zur Stelle, als ich mich gerade wieder auf die Beine gekämpft hatte.

Sie stand vor mir im Wasser, die Hände in die Hüften gestemmt, die Brille ins blonde Haar zurückgeschoben, und lachte mich aus.

Einen Moment lang starrte ich sie fassungslos an. Dann platzte mir schließlich der Kragen. »Was ist eigentlich dein Problem, hä?«, zischte ich.

Ihr Lachen verstummte. »Mein Problem? Ist das wirklich so schwer zu verstehen?« Sie schüttelte verständnislos den Kopf. »Du! Du bist mein Problem.«

Ich holte tief Luft und war wie erstarrt. »Was hab ich dir denn bitte getan, hä?«

Ihr so ebenmäßiges Gesicht verzog sich zu einer gehässigen Fratze. Sie sah aus, als würde sie jeden Moment Gift und Galle spucken.

»Du merkst es nicht mal? Seit du auf der Insel bist und meinem Freund schöne Augen machst, bist du mir ein Dorn im Auge«, fauchte sie. »Lass die Finger von ihm, sonst, das schwöre ich dir, war das heute noch einer deiner schönen Tage hier auf Rügen. Wenn du meinst, mir mit ihm in die Quere kommen zu müssen, wirst du das noch bitter bereuen. Das kannst du mir glauben.«

Sie starrte mich dermaßen hasserfüllt an, dass ich nur entgeistert den Kopf schütteln konnte. Mir lief ein eiskalter Schauer über den Rücken. Von wem redete sie? Ich hatte ehrlich gesagt irgendwie den Durchblick verloren. War es Jan, den sie als ihren Freund bezeichnete? Oder doch Philipp. Nein, wohl doch Jan. Dann hatte Philipp sich getäuscht, als er gemeint hatte, sie würde sich nur an Jan ranmachen, weil sie ihn, also Philipp, eifersüchtig machen wollte.

Oh mein Gott, das war doch alles der komplette Wahnsinn. Kranker als jede RTL-Serie, völlig bescheuert.

Und was Jan betraf, der konnte doch echt nicht ganz bei Trost sein, wenn er auf dieses falsche Mädchen stand!

»Du bist doch krank«, krächzte ich. »Wenn du es auf Jan abgesehen hast … warum bist du dann zu unserem Ferienhaus gekommen und hast dein Gift über Philipp versprüht?«

Sie winkte lachend ab und funkelte mich fast vergnügt an. »Weil ich es kann, ganz einfach …«

Ich wandte mich ab, weil ich keine Lust mehr auf eine Auseinandersetzung mit einer offensichtlich Gestörten hatte. Sollte sie sich doch ihren Eifersuchtsfantasien hingeben. Aber bitteschön ohne mich.

Ich versuchte, einen Fuß vor den anderen zu setzen und möglichst schnell von Isabel fortzukommen, nur leider war das mit diesen dummen Flossen so gut wie unmöglich. Mir blieb nichts anderes übrig, als zu schwimmen. Was bei einer Wassertiefe von knapp einem Meter auch kein Spaß war. Isabel allerdings amüsierte sich köstlich und brachte es fertig, aufrecht und grazil mit diesen bescheuerten Flossen neben mir herzustolzieren und mich dabei auszulachen.

In meinem ganzen Leben war ich noch niemals so verspottet und gedemütigt worden. Und das ohne Grund, schließlich hatte ich ihr nie wirklich etwas getan! Stattdessen umgarnte sie Jan und versuchte, mich gegen Phillip aufzubringen. Kurz bevor ich endlich den Strand in der Bucht erreicht hatte, kochte der Zorn in mir über. Ruckartig kam ich auf die Knie und schoss in die Höhe. Ich staunte selbst, dass mir das gelang, aber womöglich hatte die Wut in mir ungeahnte Kräfte mobilisiert.

»Weißt du eigentlich, was ich gestern Abend und heute Morgen getan habe?«, fragte ich sie und versuchte, meine Stimme ruhig und kontrolliert klingen zu lassen. »Oder vielmehr, was wir getan haben ...«

Sie bedachte mich mit einem verächtlichen Blick.

»Was sollst du schon getan haben? Wahrscheinlich hast du eine Gutenachtgeschichte gelesen und du hast dich schreeecklich gegruselt.« Sie lachte über ihren eigenen dämlichen Witz.

Ich grinste sie finster an. »Auch eine gute Idee. Aber dazu hatte ich leider keine Zeit, weil ich nämlich damit beschäftig war, mit deinem angeblichen Freund herumzumachen. Erst gestern Abend unter freiem Himmel am Strand und dann gleich heute Morgen in meinem Bett noch einmal. Hm … meine Güte, war das …« Ich legte eine kleine Pause ein, lächelte gedankenverloren und hauchte dann so vielsagend, wie es mir nur möglich war: »… heiß …«

Isabel funkelte mich wütend an. Ihr sonst so aufrechter Oberkörper geriet leicht ins Wanken. Mein Herz überschlug sich vor Aufregung fast. So hatte ich, glaube ich, noch nie in meinem Leben mit einem anderen Menschen gesprochen – so absichtlich provozierend und so voller Abscheu. Aber die Tage auf Rügen, das ganze Hin und Her mit Jan und dann plötzlich auch noch Philipp, die gehässige Isabel, das alles musste sich entladen und Isabel war die perfekte Person, um meinen Zorn abzuladen. Ich dachte an Jan und dass ich ihm bei Isabel wohl die Tour vermasselt hatte. Aber es war nur besser für ihn, so viel war sicher.

Mit einem süffisanten Lächeln wandte ich mich ab und wollte die letzten Meter bis zum Strand aufrecht zurücklegen. Doch da stürzte sich Isabel, ohne einen Laut von sich zu geben, mit voller Wucht von hinten auf mich. Ehe ich wusste, wie mir geschah, da tauchte ich auch schon der Länge nach mit dem Kopf unter Wasser.

An dieser Stelle war das Wasser keinen halben Meter mehr tief und der Untergrund steinig. Ich landete mit dem Gesicht auf den Felsen und Steine schlugen mir gegen die Schultern, an den Hüftknochen, die Knie. Panisch versuchte ich, mit dem Kopf durch die Wasseroberfläche zu stoßen. Es gelang mir, einmal keuchend Luft zu holen, da tauchte Isabels Gesicht neben mir auf.

»Mädchen«, knurrte Isabel. »Ich glaub, du hast noch immer nicht kapiert, mit wem du dich da angelegt hast.«

Warum war hier eigentlich kein Mensch, der mir helfen konnte? Wo war mein Bruder? Philipp? Und wo war dieser Mistkäfer von Jan, der mir diesen ganzen Scheiß hier eingebrockt hatte?

Isabel sah zu mir herab. »Wenn du meinst, ich rede nur, dann frag doch Philipp, warum sein Opa vor einem Jahr seine Tauchschule dichtmachen durfte. Frag ihn, wie es zu dem Tauchunfall gekommen ist und warum dann aus dieser dummen Chrissy und ihm nichts geworden ist. Frag ihn ruhig und dann denk noch mal genau nach, ob du nicht lieber doch die Finger von Philipp lassen willst ... Denk daran, auch beim Schnorcheln können böse Unfälle passieren.«

Sie verpasste mir einen heftigen Stoß, sodass ich erneut nach vorne ins Wasser klatschte.

Dann war es plötzlich still. Als ich mich vorsichtig wieder aufrichtete, sah ich, dass sie an Land gegangen war und gerade die Schwimmflossen auszog. Ich wartete, bis sie ihre Sachen zusammengesucht hatte. Sie warf mir einen letzten verächtlichen Blick zu und rauschte dann mit hoch erhobenem Haupt ab.

Mit letzter Kraft kroch ich ans Ufer. Ich zog die Beine an und umschlang sie mit den Armen. Ich zitterte so heftig, dass meine Zähne aufeinanderschlugen, und auch die Gedanken in meinem Kopf fanden keine Ruhe.

14

Keine Ahnung, wie lange ich in unveränderter Position so dahockte. Ich kapierte einfach nicht, was eigentlich gerade geschehen war. Isabel hatte mich angegriffen. Die Spuren waren nicht zu übersehen. Meine Knie waren aufgeschrammt und bluteten leicht, mein linker Ellbogen ebenfalls. Wie mein Gesicht aussah, konnte ich nur erahnen, die Haut über meinem rechten Wangenknochen brannte jedenfalls höllisch. Die Jungs hatten von alldem nichts mitbekommen. Sie schnorchelten irgendwo unter der Wasseroberfläche herum und hatten ihren Spaß.

Ich hätte gern mit Sabrina gesprochen und mich zumindest am Telefon bei ihr ausgeheult. Doch bei ihrem Handy sprang sofort die Mailbox an.

Bestimmt saß sie gerade mit ihren Eltern im Flieger, fiel es mir nach dem fünften erfolglosen Versuch endlich ein. Sie flog heute mit ihren Eltern in den Urlaub. Was hätte ich darum gegeben, jetzt mit ihr im Flieger zu sitzen. Weit weg von diesem Irrsinn hier auf Rügen. Dieser völlig eifersuchtsgestörten Isabel. Meinem Gefühlschaos. Weit, weit weg von Jan.

Jan.

Verdammt, ich wollte nicht, dass er mich so sah. Was sollte ich sagen, wenn er mich so vorfand? Dieser Zickenkrieg mit Isabel war mir einfach nur so ... peinlich, ja, mir war das Ganze tatsächlich peinlich. Jan, Philipp, Tobi – keiner von den dreien sollte mich so sehen, so verletzt. Innerlich wie äußerlich.

Ich handelte, bevor ich wirklich darüber nachdenken konnte, streifte diese blöden Flossen ab, suchte meine Anziehsachen zusammen, schlüpfte aber nur in meine weißen Converse und marschierte dann eilig los.

Ich hielt mich bewusst rechts, das war das Einzige, was ich wusste: Weil Isabel in Richtung Promenade nach links abgerauscht war, lief ich nach rechts. Ich lief los, ohne mir darüber im Klaren zu sein, wohin.

Irgendwann wurde der Naturstrand immer schmaler und es kamen mir nur wenige andere Strandspaziergänger entgegen. Ich gelangte in eine Art kleine, steinige Bucht und danach ging es dann unten am Wasser nicht mehr weiter. Die Steilküste erhob sich über meinem Kopf, ganz, ganz weit oben war der Küstenwald.

Was sollte ich nun tun? Umdrehen? Und dann womöglich den anderen direkt in die Arme laufen? Nein, auf gar keinen Fall. Ich musste versuchen, irgendwie nach oben zu kommen.

Als wir am Kap Arkona waren, hatte es oberhalb der Küste auch einige Wege gegeben, die weit über dem Meer durch den Wald geführt hatten. Bestimmt war das hier so ähnlich. Ich musste nur den Weg nach oben finden. Wenn ich erst dort angelangt war, würde ich mich bestimmt durch den Küstenwald Richtung Sassnitz durchschlagen können und lief nicht Gefahr, doch noch einem von den Jungs in die Arme zu laufen.

Benahm ich mich kindisch? Ja, bestimmt. Aber ich konnte einfach nicht dieses elendige Schamgefühl ablegen. Mich hatte gerade ein Mädchen in meinem Alter fertiggemacht. Und ich hatte sie auch noch provoziert!

Ich verließ die kleine Bucht in die Richtung, aus der ich eben gekommen war, und hielt Ausschau nach einem Weg, auf dem ich hoch in den Küstenwald klettern konnte. Tatsächlich hatte ich nach einigen Metern Glück. Hinter einem großen Felsvorsprung ging es hinauf. Keine Ahnung, ob dies ein offizieller Weg war, aber er machte auf mich einen ungefährlichen Eindruck. Außerdem standen hier die Bäume bis fast runter zum Strand, sie säumten sozusagen den Pfad nach oben. Der Untergrund war fest. Klar, bei Sturm und Regen hätte ich dort nicht hochkraxeln wollen, aber jetzt war das Wetter herrlich, die Sonne schien mit all ihrer Kraft, kein Windchen wehte. Das Meer lag still, alles war friedlich. Nur in mir tobte ein Sturm.

Mühsam kämpfte ich mich den schmalen Trampelpfad hinauf und war schon nach wenigen Metern schweißgebadet. Meine Kondition war echt das Letzte.

Vielleicht sollte ich zu Hause mit Kampfsport anfangen? Das trainierte die Kondition und sorgte für Muskeln. Außerdem würde mich dann nie wieder so eine wie Isabel fertigmachen können. Bevor die ihre Hand überhaupt angehoben hatte, hätte ich sie schon mit einem astreinen Schulterwurf außer Gefecht gesetzt. Ich nahm mir fest vor, wenn ich zurück in Göttingen war, würde ich mich sofort bei irgendeiner Kampfsportschule anmelden.

»Hallo, junge Frau!«, hörte ich es unter mir rufen.

Ich warf einen Blick über meine Schulter. Ein paar Meter unter mir am Strand stand ein Mann mittleren Alters in T-Shirt und Shorts und winkte mir aufgeregt zu. »Da darf man nicht hochklettern. Hören Sie, kommen Sie da mal lieber schnell wieder runter. Das ist kein Weg.«

Ich blickte nach oben. Bis zu den Klippen war es in etwa so weit wie nach unten. Also kletterte ich ungeachtet des Mannes und seiner lautstarken Kommentare weiter hinauf.

»Das ist gefährlich, hören Sie, kehren Sie um!«

Ich winkte ab und triumphierte einige Minuten später.

Keuchend und schwitzend erreichte ich schließlich den Küstenwald. Ich blieb oben stehen, stützte mich mit den Händen auf den Oberschenkeln ab und versuchte, zu Atem zu kommen. Unfassbar, dass mich die paar Meter klettern so geschafft hatten.

Nach einer Weile beruhigte sich mein Puls wieder und ich ließ meinen Blick übers Meer schweifen, das von hier oben einfach grandios aussah. Ich konnte mich kaum losreißen, doch ich musste weiter. Ich wollte versuchen, den nächsten richtigen Weg zu erreichen und dann meine Mutter anrufen, dass sie mich abholen sollte.

Ich würde ihr das mit Isabel erzählen. Ich musste es einfach loswerden und ich war mir sicher, wenn ich sie darum bat, dann würde sie es für sich behalten.

Also marschierte ich weiter. Ich kämpfte mich quer

durch den Küstenwald und musste mir nach knapp zwanzig Minuten Fußmarsch selbst eingestehen, dass ich irgendwie die Orientierung verloren hatte. Hier sah alles gleich aus. Hohe Bäume, dazwischen dichtes Unterholz und weit und breit kein Wegweiser, denn hier war schließlich auch weit und breit kein Weg zu sehen.

Ich blieb stehen, wandte mich nach allen Seiten um – und hatte noch immer keinen Plan. Okay, ich musste meine Mutter anrufen, sonst würde ich hier womöglich noch im Stockdunklen herumirren.

Leise vor mich hin fluchend hockte ich mich auf einen Baumstumpf. Gegenüber von mir wuchs ein knorriger, schief gewachsener Baum in die Höhe – er hatte fast etwas Gnomhaftes mit seinen vielen Astlöchern und den beinahe verschnörkelt wachsenden Zweigen. Fasziniert betrachtete ich das Moos an seinem Stamm, während ich mein Handy aus meiner Tasche hervorzerrte.

Schnell wählte ich die Nummer meiner Mutter, da piepte mein Handy aufgeregt. Erschrocken sah ich aufs Display und schluckte. Nur noch 8 Prozent Akkuladung – so ein Mist! Das hatte mir noch gefehlt! Ich nahm das Handy schnell wieder ans Ohr und hörte die Mailboxansage meiner Mutter. Mist!

»Mama, hier ist Flora, du pass auf, ich bin hier in Sassnitz, und zwar im Küstenwald. Es kann sein, dass ich mich irgendwie verlaufen habe. Kannst du mich mal zurückrufen? Aber mach dir bloß keine Sorgen. Ansonsten ist alles okay bei mir«, sprach ich ihr auf die Mailbox und beendete dann schnell das Telefonat, weil mein Akku schon wieder piepte.

Ich überlegte gerade, ob ich nicht doch Tobi anrufen sollte, da hörte ich hinter mir ein Rascheln. Ruckartig fuhr ich herum. Mein Herz dröhnte gegen meinen Brustkorb, während ich mich angstvoll umblickte. Aber ich konnte nichts entdecken. Ich gehe zurück, beschloss ich. Ich bin eindeutig mit den Nerven am Ende und deshalb gehe ich jetzt genau dorthin, wo ich hergekommen bin, und dann auch an derselben Stelle wieder runter zum Strand.

Also rannte ich wieder kreuz und quer durch den Wald zurück, musste unentwegt kleinen Zweigen ausweichen, die mir durchs Gesicht oder über die Arme peitschten, ich stolperte über Baumwurzeln und schrammte mir die Beine am dichten Unterholz auf. Irgendwann ließ ich mich einfach auf den Boden sinken. Es war hoffnungslos, denn ich wusste: Ich habe mich verlaufen. Dort hockte ich und hätte am liebsten aus Frust in die nächste Baumwurzel gebissen, weil ich Chaot es tatsächlich geschafft hatte, aus einem eh schon grausamen Tag einen richtig katastrophalen zu machen, indem ich mich im Küstenwald auf Rügen rettungslos verlief.

Und gerade als ich dachte, es kann jetzt echt nicht schlimmer kommen, gab mein Akku seinen finalen Piepton von sich und mein Handy stellte sich aus. Passierte so etwas Bescheuertes nicht immer nur in irgendwelchen extrem schlechten deutschen Vorabend-Filmproduktionen? Frau befindet sich in aussichtsloser Situation und natürlich ist ausgerechnet dann der Akku ihres Handys leer. So wird aus aussichtslos mit einem Mal hoffnungslos. Ich schnaufte tief durch, rappelte mich wieder auf und versuchte mein Glück in der anderen Richtung. Nach einigen beschwerlichen Metern durchs Unterholz glaubte ich, einen Baum wiederzuerkennen. Der Baum war so krumm und eigenartig gewachsen, das musste einfach mein moosbewachsener Baumgnom-Freund von vorhin sein! Wenn mich nicht alles täuschte, hörte ich von hier sogar das Meer! Nach der eigenartigen Stille des Waldes war es eindeutig – hier rauschte Wasser! Mein Herz schlug mir bis zum Hals, denn wenn das stimmte, dann brauchte ich nur noch ein paar Meter weiterzugehen und schon hatte ich den Rand des Küstenwaldes erreicht und unter mir lag das blau funkelnde Meer.

Volltreffer!

Ich rannte nun beinahe und stand wenige Schritte später an der Steilküste. Die Erleichterung schoss mir warm durch jede Faser meines Körpers, ließ mich sogar einen kleinen Freudensprung vollführen. Unter meinen Füßen rieselte ein wenig Sand den Abhang hinunter – offenbar war der Boden hier nicht sehr fest. Ich trat einen halben Schritt zurück. Jetzt musste ich nur noch den Weg finden, auf dem ich hier hochgekraxelt war. Ich beugte mich vorsichtig nach vorne, um einen Blick auf den bewachsenen Abhang zu werfen ... als ich plötzlich, ehe ich mich versah, den Halt unter den Füßen verlor. Der Boden sackte unter mir weg, ein paar Steine und Sand brachen ab und rollten in einem atemberaubenden Tempo den Hang hinunter.

Ich ruderte hektisch mit den Armen, blickte mit aufgerissenen Augen auf den hohen Abhang, der sich unter mir auftat. Ich schaffte es nicht, mein Gleichgewicht zu halten, und wie in Zeitlupe kippte und sank ich vornüber in Richtung Meer.

»Hilfe!«, kreischte ich panisch. Ich ruderte noch immer mit den Armen, dann rutschte ich auf dem Bauch den Abhang hinunter. Ich schrie mir die Seele aus dem Leib, schluckte kleine Steinchen, Sand geriet in meine Augen, ich hustete, versuchte irgendwie zu bremsen. Meine Hände griffen ins Leere, wenn ich versuchte, nach Wurzen oder Büschen zu greifen, die mir immer wieder ins Gesicht schlugen. Aber es half alles nichts: Ich nahm noch mehr Fahrt auf und mit einem Mal hörte ich auf, über den Boden zu rutschen, und fiel einige Sekunden lang ins Leere. Mit ausgestreckten Armen vorweg traf ich schließlich in einer kleinen Mulde auf.

Dann wurde mir schwarz vor den Augen.

15

Als ich die Augen aufschlug, brauchte ich erst einen Moment, um mich zu orientieren.

Dann kam der Schmerz.

In der zweiten Grundschulklasse war ich mal vom Klettergerüst gefallen – eine völlig harmlose Wette mit Sabrina, wer von uns beiden länger kopfüber am Gerüst baumeln könnte. Zu gewinnen gab es ein Paket Hubba-Bubba-Kaugummi. Ich weiß noch, ich wollte unbedingt den Kaugummi gewinnen, also baumelte ich und baumelte, die Stange unter meinen Knien kniff bereits und drückte, bis sich irgendwann meine Kniekehlen wie von Geisterhand von der Stange lösten. Ich fiel ungebremst auf die linke Schulter und kugelte sie mir dabei aus. Ich erinnerte mich noch genau an den höllischen Schmerz von damals und auch daran, wer zuerst bei mir gewesen war. Jan. Tatsächlich Jan. Zusammen mit meinem Bruder war er damals in der vierten Klasse gewesen und er hatte mir tröstend die Wange getätschelt, während ich vor Schmerzen wimmerte. Er war erst wieder von meiner Seite gewichen, als ich von den Rettungssanitätern auf die Trage gehoben wurde. In den vergangenen Wochen war ich immer der Meinung gewesen, dass ich meine Gefühle für Jan an Tobis 19. Geburtstag entdeckt hätte. Doch jetzt begriff ich plötzlich, dass das gar nicht stimmte. Ich hatte mich schon als Siebenjährige in den coolen besten Freund meines Bruders verliebt. Damals, als er auf dem Schulhof der Regenbogenschule meine kleine sandige Hand hielt und mir unentwegt versprach, dass alles gut werden würde.

Und jetzt, fast genau zehn Jahre später, war es wieder Jan, der meine Hand hielt. Mich tröstete, an meiner Seite war. Dafür liebte ich ihn. Ohne Zweifel. Auch was Philipp betraf, war ich mir nun sicher, er war ein netter Kerl, ein lustiger Typ, der mich zum Lachen brachte, aber mehr absolut nicht. Mein Herz, das gehörte Jan, die ganze Zeit schon.

»Flora, Süße, was ist denn bloß passiert?«

Jans blaue Augen waren dunkel vor Sorge.

Mühsam versuchte ich, mich zu bewegen. Ein heller Schmerz durchzuckte meinen Schädel, meine Arme. Vielleicht sollte ich mich lieber doch nicht bewegen.

»Wie kommst du hierher?«, wisperte ich.

Jan fuhr sich mit einer Hand übers Gesicht. Er war ganz bleich unter seiner Sonnenbräune. Mit der anderen strich er über meine Wange.

»Ich habe dich gesucht. Du warst plötzlich verschwunden, als ich wiedergekommen bin. Ich habe mir Sorgen um dich gemacht.«

»Echt?«, flüsterte ich. »Du hast dich um mich gesorgt?«

Er nickte. »Natürlich.«

Ein warmer Glücksschauer überkam mich. Aber dann fiel mir noch etwas anderes ein. »Wiedergekommen? Wie hast du das gemeint? Warst du denn weg ...?« Ich hatte angenommen, er sei mit Tobias im Wasser gewesen.

Er seufzte tief. »Ich hab es einfach nicht mehr ertragen, dich mit Philipp zusammen zu sehen. Es hat mich fast um den Verstand gebracht.« Er verdrehte die Augen. »Und dann diese nervige Isabel, zigmal hab ich ihr gesagt, sie soll auf Abstand gehen. Aber sie wollte es einfach nicht kapieren. Irgendwann ist es mir dann zu viel geworden und ich bin einfach abgehauen.«

»Das habe ich überhaupt nicht mitbekommen«, sagte ich. »Wo bist du denn gewesen?«

Jan zuckte mit den Schultern. »Erst bin ich eine Weile am Strand entlang, bevor ich beschlossen habe zurückzugehen, um endlich das mit dir und mir zu klären.«

Er strich mir liebevoll eine Haarsträhne aus dem Gesicht und lächelte mich dann sanft an. »Aber so wie es sich gerade anfühlt, ist längst alles geklärt zwischen uns. Oder täusche ich mich?«

Ich wollte den Kopf schütteln, aber das tat so weh, dass ich schmerzvoll das Gesicht verzog.

»Mensch Flora, ich erzähle hier Geschichten und weiß immer noch nicht, was überhaupt passiert ist. Bist du den Abhang runtergestürzt?«

»Ich glaube, ja ...« Tatsächlich konnte ich mich nicht mehr ganz genau an alles erinnern. Nur noch, dass ich mich im Küstenwald verlaufen hatte – und dann ...

»Kannst du dich bewegen?«

Ich verneinte.

»Wo genau tut es dir weh?«

Ich versuchte, in meinen Körper hineinzufühlen.

»Irgendwie überall. Aber meine Beine, die Knie und mein Kopf, da ist es am schlimmsten.«

»Nur oberflächlich oder fühlt sich irgendetwas gebrochen an?«

Ich grinste, auch wenn mein Schädel heftig dabei pochte, und ich ahnte, dass das Grinsen mir verunglückte.

»Bist du dir sicher, dass du nicht lieber Medizin studieren solltest? Ich finde, du bist gerade der geborene Mediziner.«

Jan strich mir sanft über die Stirn und wurde dann ganz ernst. »Es gibt ganz genau zwei Dinge in meinem Leben, bei denen ich keinerlei Zweifel habe, dass sie absolut richtig für mich sind.«

»Mathe und Sport?«, wisperte ich.

Er beugte sich zu mir hinunter und küsste meine Nasenspitze. »Fast. Dass ich Mathe und Sport studieren will. Vor allem aber du. Du bist es, mit der ich zusammen sein möchte.«

Ich konnte nichts sagen, nur sein Gesicht berühren, ihm unentwegt über die Wangen streicheln und ihn dabei ansehen.

»Ich bringe dich jetzt zu einem richtigen Arzt, Flora«, sagte Jan nach einer Weile.

Er befahl mir, meine Arme um seinen Hals zu legen, und dann hob er mich behutsam hoch.

Ich schmiegte mich in seine Arme, presste mich ganz

eng an ihn. So wollte ich bleiben, so sollte es sein, ganz genauso fühlte es sich richtig an. Geborgen und vollkommen glücklich. Niemals zuvor war ich mir so sicher gewesen.

Jan trug mich am Strand zurück, da ich, wie er mir erklärte, offenbar den gesamten Steilhang heruntergestürzt war. Am Fuße des Abhangs hatte er mich dann gefunden. Obwohl ich ihm versicherte, dass ich bestimmt auch selbst gehen könnte, bestand er darauf, mich zu tragen.

Als wir die Bucht erreichten, in der wir geschnorchelt waren, kam uns Tobias aufgeregt entgegengelaufen.

»Wo wart ihr?«, wollte er wissen. »Und warum trägst du Flora?«

Er musterte mich, sah meine Verletzungen und riss erschrocken die Augen auf. »Verdammt, Flora, Jan, was um alles in der Welt ist passiert?«

»Ich bin hinten bei der Steilküste einen Abhang runtergestürzt. Aber wahrscheinlich sieht es schlimmer aus, als es ist.«

»Was bist du?« Mein Bruder war völlig perplex. »Und Jan, was ... hast du sie gefunden oder wart ihr zusammen? Aber warum eigentlich? Ich dachte, ihr schnorchelt ...«

»Tobi, Kumpel, ich erzähle dir alles nachher. Versprochen. Aber jetzt sollten wir erst einmal Flora zu einem Arzt bringen.«

Er sah sich suchend um. »Wo ist Philipp? Er muss das Auto holen und so nah wie möglich an die Promenade heranfahren.«

Tobias hob ratlos die Hände. »Weg. Genauso wie Isabel. Frag mich nicht, wohin. Ich bin anscheinend der Einzige, der ahnungslos im Wasser herumgeplanscht hat.«

Mein Bruder sah mich so bedröppelt an, dass ich lachen musste. Was leider ziemlich wehtat.

»Sie lacht«, stellte er trocken fest. »Das ist schon mal ein gutes Zeichen ...«

Ich hatte unglaubliches Glück gehabt. Bis auf mehrere Hautabschürfungen, ein paar geringfügige Prellungen und eine große Beule an der Stirn war nichts passiert. Der Inselarzt hatte mich nach einer kurzen Untersuchung wieder zu uns ins Ferienhaus geschickt. Meine Mutter kümmerte sich seither rührend um mich. Sie gab sich große Schuld an meinem Unfall, weil sie, wie sie meinte, vollkommen reiterhoffixiert gewesen sei. Mein Vater reiste aufgrund meines Sturzes einige Tage früher an und hatte beschlossen, mit uns bis zum Urlaubsende auf Rügen zu bleiben.

Dass Jan und ich ein Paar waren, hatte mittlerweile nicht nur mein Bruder mitbekommen, sondern natürlich auch meine Eltern. Bisher hatten sie mir und Jan etwas Ruhe und Raum gegeben – auch wenn natürlich für alle offensichtlich war, was seit meinem Unfall zwischen uns passiert war.

Es war zehn Tage nach meinem Sturz, als ich an unserem Strandabschnitt beim Haus unterwegs war und Philipp plötzlich gegenüberstand.

»Flora, das ist ja eine Überraschung!«, rief er lächelnd,

umarmte mich und hauchte mir einen Kuss auf die linke Wange.

»Du sagst es, das ist wirklich eine Überraschung«, stimmte ich ihm zu und löste mich dann schnell aus seiner Umarmung.

Seit Isabels Attacke auf mich hatten wir uns nicht mehr gesehen. Ich wusste nicht, ob Isabel ihm davon erzählt hatte, aber ich nahm es stark an. Dass er sich nicht gemeldet hatte, hatte mich zwar gewundert – gestört hatte es mich nicht.

»Ich wollte mich schon längst mal wieder bei dir gemeldet haben«, erklärte er. »Wie geht es dir?«

Ich zog die Augenbrauen hoch. »So? Wolltest du das wirklich?«

Er seufzte tief. »Ehrlich?«

Ich nickte.

»Okay, nein, wollte ich nicht. Ich hab sogar tunlichst darauf geachtet, dir aus den Weg zu gehen«, gestand er mir.

»Okay«, sagte ich gedehnt. »Dann nehme ich an, Isabel hat dir von unserer Auseinandersetzug berichtet?«

Er fuhr sich mit den Händen durch die dunklen Haare. »Ja, das hat sie. Flora, es tut mir ehrlich leid. Und glaub mir, ich bin stocksauer. Isabel spinnt, und zwar so richtig. Und was dich betrifft, so kann ich mich gar nicht oft genug bei dir für den ganzen Scheiß entschuldigen, den sie da verzapft hat. Aber da ich echt nicht weiß, ob das nun endlich bei Isabel angekommen ist, und ich dir nicht noch mehr Stress mit ihr bescheren wollte, hab ich mich lieber nicht mehr bei dir gemeldet. Ich dachte, so ist es besser, verstehst du?«

Ich nickte. Einen Moment lang schwiegen wir, bis er sich schließlich räusperte und erklärte: »Ich muss dann auch mal weiter. Mein Opa wartet auf mich …«

Da fiel mir etwas ein, das ich ihn die ganze Zeit noch hatte fragen wollen. »Apropos dein Opa … Isabel und deine Trennung damals. Hatte die eigentlich etwas mit der Tauchschule deines Opas zu tun? Oder vielmehr damit, dass er sie schließen musste?«

Philipp sah mich mit großen Augen an. »Wie-wie kommst du darauf?«

»Isabel hat so etwas in der Art erwähnt.«

»Was?!«

Ich nickte. »Sie hat gesagt, wenn ich ihre Drohung, meine Finger von ihrem Freund zu lassen, nicht ernst nehmen würde, dann sollte ich dich doch mal fragen, warum dein Opa vor einem Jahr seine Tauchschule dichtmachen musste. Und sie hat auch irgend so eine Chrissy erwähnt.«

Philipp entglitten sämtliche Gesichtszüge. »Das hat sie gesagt?« Er war völlig durcheinander. »Wirklich?«

»Ich hab's mir bestimmt nicht ausgedacht.« Ich hob die Hände, ließ sie gleich wieder fallen.

Philipps Gesicht war inzwischen zu einer reglosen Maske erstarrt. Seine Stimme nun nur noch ein entsetztes Raunen.

»Mein Opa musste seine Tauchschule schließen, weil es vor einem Jahr einen beinahe tödlichen Tauchunfall gegeben hat. Das Mädchen, was damals verunglückt ist, hieß tatsächlich Chrissy.«

»Was ist passiert?«, fragte ich betroffen. Also hatte

Isabel ihre Drohung tatsächlich ernst gemeint? Beinahe drohten meine Beine zu versagen.

Philipp schien so bestürzt zu sein, dass er meine Reaktion nicht bemerkte. Er schüttelte nachdenklich den Kopf. »So richtig weiß das bis heute keiner, Fakt ist nur, dass an ihrer Sauerstoffflasche herummanipuliert wurde.«

Wir sahen uns an und sprachen es gleichzeitig aus. »Isabel!«

Philipp stöhnte wie unter großen Schmerzen auf. »Oh mein Gott, ich fasse es nicht. Ich kann es echt nicht fassen ... Ich muss zu meinem Opa. Mach's gut, Flora. Und – es tut mir leid, alles. Ich wünschte, zwischen uns hätte es anders ausgehen können«, erklärte er hektisch und lächelte mich schief an.

Ich nickte nur. Auch ich verspürte keine Lust mehr, länger alleine am Strand spazieren zu gehen. Dass Isabels Drohung womöglich hätte ernst gemeint sein können, ließ mich frösteln. Irgendwie kam es mir mit einem Mal so vor, als hätte der Küstenwald Augen. Isabels Augen.

Die Sache mit Isabel behielt ich für mich. Keiner aus meiner Familie zweifelte daran, dass sämtliche meiner Verletzungen von meinem Unfall kamen, und ich wollte sie nicht zusätzlich beunruhigen. Wenn ich wieder zu Hause in Göttingen war, würde ich Sabrina davon erzählen. Ich sah sie schon vor mir, wie sie einen völlig absurden Racheplan schmiedete, den wir natürlich niemals in die Tat umsetzen würden, der mir aber alleine deshalb guttat, weil wir herzhaft zusammen darüber lachen konnten. Und dann wollte ich den ganzen Mist einfach nur vergessen – wobei, wenn ich genau darüber nachdachte, dann ergab der ganze Mist zum Glück am Ende doch einen Sinn, und der hieß Jan.

Und genau der kam jetzt auch mit einem breiten Lächeln aus dem Ferienhaus auf mich zugeschlendert, nahm mir mein Buch aus den Händen und hockte sich vor mich.

»So, das waren jetzt bestimmt fünfzig Seiten«, meinte er. »Jetzt habe ich auch ein bisschen Aufmerksamkeit verdient.«

Ich lachte. »Spinner!« Ich verwuschelte ihm seine unzähmbaren blonden Haare.

Er hielt meine Hand fest, zog sie an seine Lippen und hauchte lauter kleine Küsse darauf.

Prompt lief mir ein warmer Schauer über den Rücken und am liebsten hätte ich mich in seine Arme geworfen und ihn geküsst. Aber da war etwas, was ich unbedingt noch von ihm erfahren musste.

»Jan, warte mal«, bremste ich ihn, als sein Mund gerade im Begriff war, an meinem Arm hochzuwandern. »Ich muss dich etwas fragen.«

Widerwillig ließ er sich von mir auf Abstand schieben. »Flora ... nicht doch ...«, beschwerte er sich.

Aber ich blieb eisern. »Kannst du dich noch daran erinnern, als ich in der Grundschule vom Klettergerüst geflogen bin und mir die Schulter ausgekugelt habe?«

Er nickte. »Na klar, du hast den ganzen Schulhof zusammengeschrien. Ich schätze, daran kann sich so ziemlich jeder erinnern, der Ohren hat.«

Empört schüttelte ich den Kopf. »Blödsinn, ich habe nicht geschrien! Eher leise und würdevoll gewimmert.«

Jan lachte laut auf. »Flora, du hast geschrien! Und wie!«

Ich zog skeptisch eine Augenbraue hoch. »Das ist ja jetzt auch egal, ich wollte ja auch nur wissen, ob du damals, also, als du meine Hand gehalten hast, schon gewusst hast, dass du mich ... na ja, liebst?«

Jan grinste mich an, er machte sich über mich lustig, aber seine Augen waren ganz warm. »Was möchtest du hören?« Seine Stimme klang liebevoll. »Dass ich mich schon als Viertklässler unsterblich in dich verliebt habe und seitdem nur auf den richtigen Moment gewartet habe, um es dir zu gestehen?«

Ich knuffte ihn spielerisch gegen die Schulter. »Mann, so wie du das sagst, klingt das albern und kein bisschen romantisch.«

Er lachte, aber dann wurde er ernst. »Okay, Flo ... Flora, ich gestehe hier und jetzt, ich habe mich tatsächlich schon vor längerer Zeit in dich verliebt. Aber nicht als Neunjähriger. Damit kann ich dir leider, leider nicht dienen.«

»Wann dann?«

Jan legte die Stirn in Falten. »Ist das denn so wichtig für dich?«

Ich nickte. Dann schüttelte ich den Kopf. »Nein, eigentlich nicht. Eigentlich zählt nur, was jetzt ist ...« Wir küssten uns und bekamen daher nicht mit, dass meine Mutter, mein Vater und Tobi zu uns in den Garten gekommen waren.

»Puh, an diesen Anblick muss ich mich echt erst noch gewöhnen«, murmelte mein Bruder. »Aber ich schätze, die meinen das ernst.«

Meine Mutter lachte leise auf. »Hoffentlich weiß der gute Jan, auf was er sich da eingelassen hat.«

Mein Vater legte Jan schmunzelnd die Hand auf die Schulter und sagte: »Das weißt du hoffentlich nur zu gut. Schließlich kennst du Flora schon eine halbe Ewigkeit.«

Ich knuffte meinem Vater gegen den Rücken. »Hey, was soll das denn heißen!«, empörte ich mich, während mein Bruder und meine Mutter grinsten. »Das klingt ja fast so, als wäre ich anstrengend. Aber das bin ich gar nicht!«

»Und ob du das bist!«, riefen meine Eltern und Tobias im Chor.

»Tolle Familie«, schmollte ich.

Auch Jan konnte sich ein schiefes Lächeln nicht verkneifen.

»Ich habe keine Angst«, versicherte er. »Absolut nicht.« Dann zog er mich in seine Arme und flüsterte mir ins Ohr: »Es war an Tobias' Geburtstag. Du bist von deinen Eltern dazu verdonnert worden, beim Schmücken zu helfen. Da ist es passiert ...«

Siehst du, hörte ich plötzlich Sabrinas theatralische Stimme, trotz Chaos-Flora und Herzschmerz-Hin-und-Her, am Ende kommt zusammen, was zusammengehört!

Danken …

– möchte ich zuerst meiner wunderbaren Lektorin – was für eine tolle Zusammenarbeit;
– natürlich auch meinem Agenten Bastian Schlück – auch mit dir war es wie immer einfach nur perfekt;
– meiner Freundin Claudia Grupe – weil es einfach schon dazugehört;
– den besten Kolleginnen und Freundinnen Frauke Scheunemann und Barbara Rose – wie schön, dass es euch in meinem Leben gibt;
– und natürlich meiner »Insel«freundin Gabriella Engelmann – immer wieder schön mit dir am Meer und na ja, so oder so: DANKE.
– Last but not least: meiner weltallerbesten Familie.

Gabriella Engelmann

Sturmgeflüster

Für Tinka sollte es der coolste Sommer ever werden. Doch wenn einen die beste Freundin versetzt, sind Ferien auf Sylt einfach nur noch langweilig. Bis Tinka Kitesurfer Sven kennenlernt, der sie in seine Clique aufnimmt und mit seinem durchdringenden Blick ihr Herz sofort zum Kentern bringt. Bald aber merkt Tinka, dass er und die anderen ihr etwas verschweigen. Es ist fast zu spät, als Tinka begreift, dass sie selbst die dunkle Vergangenheit wieder heraufbeschworen hat.

Arena

Auch als E-Book erhältlich

208 Seiten • Klappenbroschur
ISBN 978-3-401-60111-3
www.arena-verlag.de